호박돌에서 하늘 낚아라

문지사

호박돌에서 하늘 낚아라

문지사

호박돌에서 하늘 낚아라

사람들이 걸어다니지 않는 새벽
사거리 앞 삼층 옥탑방은 그 줄기가 느슨합니다.
어둠 속인 듯 달빛 속인 듯 두 눈이 가물거립니다.
우연한 물이 지나가고 바람이 지나가고 낙타 등에 붙었던 모래가 지나가고 옥탑 속에 들어온 달이 수천 마리의 새가 되어 지구 뒤편으로 돌아갑니다.

땅 속에 뿌리를 박지 못한 나는 흙 한 바가지의 화분 속에서조차 해고 당해 손잡이도 하나 없는 옥상 바닥에 버려져 있습니다.
흔한 잡초의 권력 하나 잡지 못해 불볕 속에 안개처럼 팔다리가 자꾸 꼬입니다.
땅을 빼앗긴 나는 사거리 은행나무 가로수의 푸른 화음에 매일 메마른 눈물로 나를 낭비합니다.

하얀 목련꽃이 대문을 활짝 열어놓은 사거리 앞
오층 노인요양원이 옥탑 속에 숨은 내 두 눈을 도려냅니다.
나도 사람들에게 경배 받는 노인이었으면 좋겠는데
옥탑 위에서조차 뿌리를 뽑혀버린 화초 한 그루입니다.
사람 한 명 찾아오지 않는 식물로 만든 병든 노인입니다.

옥상 콘크리트 바닥 위로 점점 밝아오는 새벽이 거북하기 만한 나는 생을 피할 수도 생을 놓을 수도 없어 머리카락이 빠집니다.
손톱이 빠집니다. 다 빠지고 나면 호박돌 같은 해골이 남죠.
잠을 한숨도 자지 못한 나는 너무 졸려 눈을 감으려 할 때 내가
해고당한 화분 속에서 장수풍뎅이 한 마리 엉금엉금 기어 나와
"호박돌에서 하늘 낚아라!"
풀벌레 용맹정진 외침소리가 나를 뒤흔듭니다.

그때 하늘에서 밸브를 풀며 해는 발화합니다.
그 빛과 함께 하늘에서 날아왔는지 나무에서 날아왔는지
공청화두* 중 까마귀 한 마리 까악-까악 울고
그 한 소리에 나는
발 디딜 곳을 찾으면 발을 버리고
손잡을 곳을 찾으면 손을 버리고서야
지구 반대 방향으로 천천히 발화합니다.
한 줌 흙에서 태어나
한 줌 흙까지 다 버리고서야
까악-까악 공청화두 소리 듣습니다.

* 광명 만덕 큰스님 게송 〈공천화두 게송〉. 오대산 깊은 골에 도를 닦는 중 까마귀 한 마리 날아와 까악 까악 울더니 오대산 깊은 골에 떨어져 죽는구나. 그 까마귀 다시 날아와 까악 까악 울 적에 너는 도가...

• 차 례 •

제1부

내 시는 초록 삽화

제2부

집 나간 노트 한 권

제3부

눈 오는 날 우체국 앞에서

제1부

내 시는 초록 삽화

봄이 오는 책장 속

구름의 이빨에 찢긴 책장 속으로 들어간다.
겨울 다 지나지 않은 햇살이 불 밝히고
이름 모를 풀과 나무 꽃들이 빨강 파랑 노랑 빽빽이 도열하고
짧은 휴식 같은 그림자가 긴 행간을 짚는다.
우리는 서로 얼굴을 몰라도 책 속에서 안녕 인사를 한다.
책장 밖과 책장 안을 오간 새 발자국은 없다.

바람은 불었고 낙엽 속에서 굴러다니는
피지 않은 새싹들은 무엇이 부끄러운지 집 밖으로 얼굴을
내밀지 못한다.

세상에 소음을 끌고 하늘을 뚫는 비행기의 검은 밑줄은
책장 속에 있는 풀과 나무와 새들에게 미안했다.
우리가 결코 한 자도 또박또박 조판할 수 없는
우주의 수많은 글자와 부호들에게 미안했다.

풀과 나무들이 겨울이라는 수행과 회복기를 거치는 동안
낙엽이 동동 떠 있는 계곡 속 살얼음판을 나무꼬리 지팡이로
툭툭 두드리며 수 천 년 나무만 쳐다보는
나무 속으로 걸어 들어간다.

통나무와의 즐거운 여행

바람이 키운 나뭇잎 단내와 별소리를 스마트폰의 벨소리보다
누가 촌스럽다고 말할까.
넓은 산을 유산으로 받은 이름 모를 풀과 나무 꽃들이 빨강 파랑
노랑, 날실과 씨실로 전사(轉寫)하면 발붙이기 편한 지구의 책장
속에 있는 자판을 나는 두 발로 똑똑 두드린다. 이때 앞문 뒷문
열린 맨발의 글자들을 누가 책장 속에 꽂혀 있다고 할까.
짧은 생을 슬퍼하며 죽어가는 안개를 누가 책장 속에 낙서라고
할까.

누가 읽지 않아도 가면 없는 동글동글한 푸른 자연백과사전
속에는 공룡 알을 찾는 비슈누*의 일 이 삼 사선 오선을 세계의
시계가 멈출 때까지 줄기차게 두드리고 있다.

구름의 이빨에 찢긴 책장 속에 예측 불허의 꽃들이 혀를 길게
뺀는 동안, 꽃이 꽃으로 태어나는 동안
인내하며 파릇파릇 돋아나는 야생의 봄이 해의 사열을 받으며
내 눈 앞으로 성큼 성큼 걸어온다.

---

* 비슈누: 힌두교에서 세계의 보존과 유지의 기능을 담당하는 비슈누는 세상의 질서이자 정의인 다르마를 방어하고 인류를 보호하는 존재.

꽃 물

붉은 여우가 음악을 들으며 뿌리 속으로 걸어 들어간다.

둥치 속에 갇힌 눈
가지 속에 갇힌 입
꼬리가 긴 여우가
가지 속 계절을 따라 걷다가 뛰다가
후후후 웃는다.

붉은 여우는 바람은 숨결의 족보라 말해 본다.

누구의 가슴에서 왔는지
얽히고 설킨 좁은 결의 중력이
오래 전 사귀어온 눈물 속 사람을 흔들어
하얀 폭포 너머 구름의 검은 눈썹을 잡아당긴다.
오늘 비는 오지 않았지만
길이 없는 하늘에
다 익은 흑포도 구름이 모인다.
길이 없으면 물도 수직으로 선다.

붉은 여우는 땅 속의 살찐 물을 허겁지겁 먹는다.

물을 먹은 여우는 살아 있는 사람
살아 있는 나무
어제의 눈물이 실속에서 시들지 않고 음각되어
하나가 둘이 되고 둘이 셋이 된다.
실속에 눈물이 걸어다닌다.

실속을 걸어다닌 여우의 발자국이 붉덩물을 지우고
꽃말을 만들어 낸다.
꽃망울을 만들어 낸다.
꽃이 꽃을 깔고 앉아 후후후 웃는다.
붉은 여우가 후후후 웃는다.

햇볕의 예민한 꼬리뼈를 말없이 녹인 나무가
껍질을 벗은 나를 본다.
시작도 끝도 알 수 없는 비가 내 속에서 수직으로 선다.
나는 이제 눈물 속 나이를 끌어안고 천천히 문을 연다.
피워 보기도 전에 늙어가던 나는 짧은 생시를 놓을 수 없어
잠을 자지도 꿈을 꾸지도 못한다.

꽃이 지면

꽃이 진다.
색이 진다.
색 없이 꽃이 진다.

꽃이 진다.
봄이 진다.

다만 지금 지지 않는 것은
열매를 주렁주렁 매단 나무들 뿐

입김처럼 톡톡 터지는
폭신한 이불 속 날들 뒤에
솜털 같은 아기는 언제 태어날까
부끄러운 여인의 진득진득한 혼잣말
홀쭉한 여인의 뱃살이 속 비늘까지 다 보이도록
팽팽하게 부풀어 오른다.

늦은 봄

전성기를 지난 봄이 프라이팬처럼 튄다.
도착해 보면 채팅방
사거리를 지나 삼거리, 농로길 비좁은 공터는 늘 붐빈다
어둑해지는 카 속에서
'꽃'향기 그윽한 이름을 골라낸다.
백장미 적장미하고 발음하면
닭살 돋은 카는 연기하는 배우가 된다.
전화로 문자로 우리가 만난 날 저녁은
밥공기 속에 쌀알처럼 따뜻한 군침이 돈다.
세상에 있지도 않은 아기라는 말에 당분간 집중한다.
수비수 한두 명은 쉽게 제쳤으면서도
과애(過愛)는 나이보다 힘이 약할 때가 많다.
우리는 백과사전 속에서
가장 극적인 단어를 찾는다.
매일 지진이 일어나는 지도 속에서
사랑도의 맨 끝까지 두 발로 뛰어가다 보면
머리 있는 산 한 개쯤은
침 한 방울 없이도 꿀꺽 삼킨다.
하늘에서 땅에서 대기하고 있던
오늘의 문장들은 장작 대신
어둠 속에서 활활 불타오르고

원을 그리며 돌던 연기들은
잠시라도 긴장을 놓아서도
폼을 잃어서도 안 된다.
채팅타임은 다음날 저녁까지 따뜻한 군침이 돌아야 하니까
봄은 꽃을 가져 오고 바람은 꽃을 가져 가지만……

황강 벚꽃

오도산 미녀봉 넘어 황강 지키고 선 벚꽃 나무들은
꽃피는 4월이 오면 사무친다.

긴 행렬 이어, 가마득히 하늘로 도달하는 하얀 눈빛들은
누구를 동경해
맨발로 허공 길 걸으며 저렇게 부산을 뜨는지

가지 끝마다 꽃 한 움큼씩 손에 쥔 긴 사연들은
바람에 흔들릴수록
단맛 쓴맛 듬뿍 배인 땅 속 깊이 뿌리 내린다.

하얀 눈빛마다 눈물로 둘러싸인 굽은 오르막 내리막길의
연한 그리움
집마다 방마다 파란 손톱그림 그리는 비명 소리
내 마음 속 하얀 물줄기들은 시끄러웠다.

휘어질 듯 날아와 보푸라기 핀 하얀 벚꽃잎들
붉은 생리통을 앓는다.
등굽은 가는 뼈를 따라 터질 듯 표류하는 강줄기 위에
백족(百足)의 꽃가루들이 달맛과 별맛에 빠져들어 기웃기웃 사
방으로 부유하면

호수는 수십 가지 하늘무늬로 뒤바뀐다.

오도산 밑 황강에
꽃피는 4월이 오면 부글거리는 꽃잎들로 몸살을 앓고
내 마음은 하늘로 이어진 꽃 계단을 밟고 걸어다닌다.

연꽃은 피다

한 점 티끌이 되어
물 속을 떠돌다
치솟는 야생 손가락 하나

물의 수평을 잡고
조용히 기도하며
몸에 익은 길로 걸어다니며
발목의 높이를 재보는 솟대 하나

흙탕 속에서 손을 더럽힌 죄로
허물 씻어주는 손으로 피어나
흙탕 속에서 걸어나와

천 년이 넘어도 삭지 않는
솟대 하나 손바닥에 올려
바람이 만들어 놓은 칼 위로 걸어다니며
고요한 씨앗 하나 잉태한다.

바다가 비에 젖지 않듯
연잎이 물에 젖지 않는다.

연蓮

물에 있어도 썩지 않는
불굴의 쌍잎이
하늘을 보는 듯 자신을 보는 듯
각도 없는 물에 꺾인 팔다리가 웃음을 찾는다.

물의 모호한 내면과 외면
연이라는 이름으로 할 수 있는 일이라곤
겨울 봄 나느라 배앓이 하고 눈병하고 얼굴에 주름 생긴
물을 온몸에 칭칭 묶어놓는 일뿐이다.
질긴 제 살과 뼈마디의 고삐로 물을 묶어 잡아당기는 일뿐이다.

깨어있지도 잠을 자지도 않는
흙탕물을 마시며
점점 더 매끄럽고 점점 더 단단해진다.
이따금 물이 기웃기웃 다가와 몸을 때려도 하늘과 땅을 교감하며
무게 없는 허공에 꽃대를 뽑아 올려
빛과 구름과 입 맞춘다.

얼굴이 젖고 목이 젖고 가슴이 젖는다.
울고 웃는 물로 몸을 정향하고
울고 웃는 해로 마음을 정향하고

두 손 모아 절을 한다.

물이 제 아무리 맑아도 그 속은 침침하다.
수심이 깊은 지 얕은 지도 알 수 없다.
왜 하필 물 속의 물 속에서 숨을 쉬고 먹고 자고 웃고 우는지

세상으로 걸어 나갈 직선의 길 하나 없이
물이 파놓은 감옥 속에서 글자 하나 없는 대다라니(大陀羅尼)를
탁본하고 있다.
경계 없이 찾아오는 부처를 보고 있다.

행복 불행 없이 사랑 미움 없이
밑바닥에서부터 솟아나는
뚱뚱하지도 가늘지도 않은
잎 속에 잎
줄기 속에 줄기
물의 모호한 내면과 외면

꽃 속에 꽃
이빨 없는 입에 물고
세상에서 가장 아름다운 열손가락 미소를 편다.

파꽃이 필 때까지

비오는 파밭은 쓸쓸하다.
몸뚱이 가려줄 잎 하나 없어
줄기줄기 품은 푸른 꿈
식솔들 걱정에 속이 타들어간다.
속을 비우고 부풀어 오르는 소리마다 꼿꼿이 일어선다.
세상에 그 어떤 요령이 그 속에 들어와
비상이나 혹은 추락이라도 한다면
그 호들갑들은 얼마나 파다해질까.
이 한여름
봄을 다 미행하지 못한 구름이 지금 당장 비라도 뿌린다면
이 지독한 오체(五體)의 냄새도 누구에게 기꺼이 용서를 받을까
아니면 피고 지던 봄이 여름을 더 깊게 밝힐까.

파밭은 어머니 같다.
젊어서나 늙어서나 세상을 용서해 주던 어머니 같다.
파의 뿌리에서 시작된 하얀 서러움도
신발을 벗고 천천히 밭고랑 속으로 들어가면
어머니는 왕관 같은 하얀 파꽃이 될까.

꽃 피는 치매

사람의 생각은 도저히 몸 밖으로 나가지 않는다.
나무에서 태어난 나이테처럼
그 행각이 귀에도 붙었다 손에도 붙었다 발에도 붙었다 하면서
우리의 하루는 시작된다.
초지일관 그녀와 한 덩어리였던 생각이 낡은 닭장의 산란통에
붙어 화려한 외출을 시도할 줄 아무도 모른다.
사람의 몸에 붙어 평생을 기생하는 단단한 생각도 사람의 몸이
늙어버리면 따라 늙어버리는 것일까.
그녀의 머리에 찰싹 달라붙어 떨어지지 않는 생각이 잠시 잠깐
몸 밖으로 외출해 버린다.

어제저녁부터 이른 새벽까지 버럭버럭 화를 내며 방문을 걸어
잠근 할머니의 진노가 방안에서 주방으로 주방에서 거실로 조정
경기처럼 출렁출렁 밀고 다녔다.
몇 마리의 찢어진 종이컵이며 몇 마리의 신문지며 심지어 먼지
나르는 빗자루까지 얼굴이 붉으락푸르락 얼룩얼룩 그녀의 긴 목
소리가 소용돌이친다.
전신으로 두들겨 패는 꽹과리 소리에 집안 분위기는 와지끈 와지
끈 무너져 내린다.
춥고 높은 할머니의 짧은 분절음들이 수천 개의 날개를 달고 온
세상을 씽씽 날아다닌다.

할아버지는 불안한 떨림의 징후를 감지하고 백기를 들고 일찍부터 쥐구멍을 파놓고 꽁꽁 숨어 있다.

문 닫힌 닭장은 고지대의 생이 지글거리는 공기로 가득차 있었다.
계란에도 엄격한 계급이 있어 특히 유기농으로 키운 초란은 비린내가 없고 영양분이 듬뿍 담겨 있어 최고급으로 친다.
어둑해진 눈을 뜬 닭장은 사랑의 향기가 따뜻하게 피어올라 하얀 초란이 탄생한다.
20살로 되돌아간 그녀는 초란을 소용돌이치는 거친 맨손으로 집어 들고 껑충껑충 뛰어 남편의 방으로 들어가 예보! 힐링! 식품이라며 날것으로 드시라 한다.
설산을 돌아 나온 달고 긴 말들이 줄을 지어 온 방안에 하하호호 히히거리며 여우꼬리 살랑살랑 흔든다.

무화과 속에서 꽃 피우는

눈을 뜨고도 보지 못하는 것들이 있고
눈을 감고도 보는 것들이 있다.

꽃이 없다는 무화과
녹색 갈색 검은색 눈꺼풀
없는 듯 있고
썩은 듯 썩지 않는다.
늦여름 햇볕에 꾸벅꾸벅 조는 중에도
부드러우면 부드러울수록 더 달콤해진다며
중얼중얼 눈썹웃음 짓는다.
자신이 수화낭인지 암화낭인지도 모르고
껍질부터 줄기까지 녹아내릴 듯한 햇살 위에서
스스로 돌아눕고 스스로 일어나는 그들의 눈썹들은
점점 모호해진다.
속으로 흐르는 바람과 물을 휘감아 붉은 호흡하는
각도 없이 누운 눈썹들은 더욱 견고해진다.

꽃의 시절은
꽃을 품은 자 만이 알뿐
그것은 겉으로 드러나지 않아
맨얼굴만 보고는 극도로 모호한 그들을 알 수 없다.

오밀조밀한 살색 고요 속에서
꽃들이 모양도 없이 누워서 움직이는 동안
꽃자루는 자라나 바람의 리듬을 조절하고
화낭속으로 들어간 충영꽃은 벌로 익어간다.
나는 세상의 그 어떤 바람에도 펄럭이지 않는
속눈썹 속에 눈물 나도록 달콤한 붉은빛 도는 무화과면 좋겠다.
꽃의 시절은 없어도 속에 박힌 꽃은 짓무를수록
더욱 달콤해진다.

눈을 뜨고도 보지 못하는 것들이 있고
눈을 감고도 보는 것들이 있다.

초록 삽화

나무의 긴 다리가 허공을 도려낸다.
길이 없다 계단이 없다.
구름을 밟고 하늘을 밟고
나무의 속도로 걸어간다.
물 한 잔 바람 한 잔 마시면
몸이 가벼워진다.
손발이 꿈틀거린다.
시간에서 시간으로 걸어가면
나무들이 연초록에서 초록으로 걸어간다.
잎 속에 잎이 걸어간다.
그러고도 힘이 남아
가지 속에 가지가 걸어간다.
나무에 딸기 향이 난다.
꽃 속에 꽃이 핀다.
화주를 몇 잔 마신 봄이
토닥토닥 사방으로 바람보다 느리게 구름보다 느리게 걸어간다.
한 살도 안 된 나비 두 마리 꽃 속으로 들락날락
붉은 오월을 매만진다.

연 못

그러니까 연못이 하나 있었어.
언제 어떻게 있는지는 모르겠어.
하여간 어떤 날 어떤 시간에
사람의 목소리로 물고기가
나를 불렀어.

물고기가 말을 하면 침묵이 다가왔고
물고기가 침묵하면 말이 다가왔어.
하여간 어떤 식으로든
나는 그의 침묵도 그의 말도 빠져 나갈 수 없었어.

그러니까 소리 없이 나를 부르는 소리에
내 마음은
가지가 돋아나고
잎이 돋아났어.
꽃대가 우뚝우뚝 돋아났어.
이름은 부를 수 없지만
얼굴은 볼 수 없지만
이야기인 듯
꿈인 듯

사람의 목소리로 물고기가
나를 불렀어.

아니 내가 연못 속에
이름도 색깔도 모르는
물고기를 병이 나도록 불렀어.
병이 나서도 불렀어.

그 연못, 지금은 마르고…

무당벌레

어느 법당 안
속이 캄캄한 사각 불전함 앞에
28점 반구형 무당벌레 한 마리 에구구 몸을 흔든다.

하얀 돈 봉투 몇 개
오른쪽 다섯 손가락에 꽉 쥔
원구형 민둥머리 땡땡이 됫박벌레 에구구 몸을 흔든다.

불상 앞에서도 불상을 보지 못한
곁눈질에만 밝은 땡땡이 무당벌레의
뿌리 없는 염불소리 온 도량에 또랑또랑 굴러다닌다.

뒷산 오솔길 나무그늘 아래 자리 잡은 몽불사 법당 안
무당벌레 한 마리가 몸에 키를 납죽 낮춰
꽃 한 송이 잎 한 송이 피우지 못할 속이
캄캄한 죽은 나무 불전함 속에
왼쪽 손을 쑥 밀어 넣는다.
묵언의 긴 돈 찜질이 끝난 뒤
지폐를 꺼낸 무당벌레 한 마리가
불상 앞에서 생각이 없는 붉은 등짝을 돌리고 또랑또랑
걸어다닌다.

안쪽이 닳고 닳아
작은 웅덩이가 된
점박이 무당의 두 손바닥에는
길 없는 물방울 하나 찾지 못한 흔들리는 수많은 손금들이
삐뚤삐뚤 시작도 끝도 없이 긴 행렬로 엉키고 또 엉킨다.
번뇌가 무성한 손금들이 아우성친다.

어디서 와서 어디로 가는지 길을 찾지 못한
벌레 한 마리
육식의 발을 조정 선수들 마냥
앞으로 뒤로 밀고 당기며 얇은 꽃잎 같은 생, 노, 병, 사, 4장의
날개를 펄럭인다.

붉은 무당 옷을 입은 땡땡이 됫박벌레 한 마리
뭉게구름 맞이 하는 작은 산사에서
노사나불 비로자나불 석가모니불 공염불 소리 드높이며
살풀이굿춤을 두 발이 아프도록 덩실덩실 춘다.

안장도 겉장도 앞장도 뒷장도 생이 위태위태한 무당벌레 한 마리
가 사람의 희망을 속인 굿판 위로 훨훨 날아올라 소실점으로 사
라진다.

청개구리

2층 위 3층
무의식의 베란다에
사람이 되어가고 있는 작은 나뭇잎에
청개구리 한 마리
거꾸로 대롱대롱 매달려
몸을 숨기고 있다.
나를 볼 때마다 나를 피해 숨었다고 생각하는 그
하지만, 나는 그를 보고 있다.
변색이 가능한 몸으로
나를 벗어나 있는 듯 하지만
그의 온몸 구석구석 다 바라보고 있는 나
나뭇잎에 거꾸로 매달리는 것
웅성거리는 내부의 소리를 꿀떡 삼켜버리는 것
그것으로 그가 나를 벗어날 수 있다면!
청개구리는 술 술 술 열린 창문을 향해
벽을 거꾸로 기어
푸른 자유를 찾아
자기 집을 찾아 네 발의 빨판으로
거꾸로 조금씩 벽을 기어 평지에 내려설 것이다.
사람과 뒤엉켜서는 나무도 나무가 되지 못하고
청개구리도 청개구리가 되지 못하고

헝클어져 버리는 이 깊은 질곡
이 깊은 콘크리트 감옥
두려움에 직면할 때마다 죽은 척 배를 뒤집는
그는 어쩌면 내 속에서 변색을 하며
온갖 미혹에 몸을 뒤집어 버둥거리고 있는
내 속의 청개구리 한 마리
3층 밑 2층 베란다를 내려다보며
벽을 벗어나려 한다.
하늘조차 집을 벗어나지 못해
벽에 갇혀 있는 여기에
어디선가 무색의 풀벌레 소리가
어두운 갈색 청개구리 한 마리를 부르고 있다.

범아재비

나는 숫사마귀
이른 아침 너울거리는 풀잎을 잡아당겨 십자가를 그린다.
눈 코 입 항문까지 꽉 찬
사랑으로 툭탁툭탁 신혼방을 꾸민다.

하얀 구름 걸린 환삼덩굴 위에 원앙금침을 깔고
그녀와 나란히 눕는다.
풀이 웃는다.
나무가 웃는다.

늦은 오후 간수도 죄수도 없는 감옥
풀 위를 걸어도 날아도 풀을 벗어날 수 없는 이 운명
그녀가 두 팔꿈치를 들고 내 가는 허리와 뻣뻣한 손발을 꽁꽁 묶는다.

얼굴 가득 입을 벌린 그녀가
우리의 미래를 위해서 할 수 없어
밥을 먹어야겠어
당신의 머리에서 발끝까지
피도 눈물도 뼈도 살도 다 바사 먹어야겠어

붉은 십자가가 어른거리는 저녁 식탁에
젊은 여인의 울음소리가 젊은 사내의 울음소리가
하늘 높이 날아오른다.

사마귀는 사랑을 위해 울지 않았다.

사내는 가는 다리를 휘청거린다.
온몸을 바들바들 떤다.
사내의 눈이 코가 입이 팔이 가슴이 항문이 사라진다.

세상에서 가장 무서운 것은 죽음이 아니라
아무도 사랑하지 않는 삶이다.

사내가 죽은 눈 코 입 항문 속에서
동그란 사마귀 알이 하얀 달빛에 반짝반짝 빛난다.
죽지 않고는 탄생할 수 없는 이 참혹한 부신 부정(父情)

신의 거룩한 숨소리가 작은 풀잎 속에서 아우성친다.
이른 아침 환삼덩굴 밑에서 아기사마귀 몇 마리 천천히 걸어 나온다.

여치

여치가 비를 피하려다
그만 길을 잃어버렸는지
가늘고 긴 사절발목마디 바들바들
비에 불은 허공이 여치발을 따라 바들바들
없는 길 하나 만든다.

하늘이 눈을 비빌 때마다 비는 오고
누런 벼는 먼지 묻은 몸을 박박 문지르고
비를 피해 나무 밑에 선 나는
손톱 속에 숨어 있던 허리띠 질끈 두른 여인의 거친 숨소리를
듣는다.

논에는 벼들이
온몸 어스러져라 껴안고
사랑이 익을 때까지
바람 따라 흔들흔들
바람을 버티는 일은 바람을 거역하지 않는 일

비가 그치자 여치는 가을을 밟고 갈 긴 발자국들을
날갯죽지에 올려놓고 접었다 폈다
나는 손바닥 속에든 풍경 몇 장 접었다 폈다

숭숭 구멍 난 바람이 흔들흔들

여치는 가을을 한 그릇 다 마셨는지
하늘로 훨훨 날아간다.
나는 편지 한 장, 사람도 없는 시골집 마루에 올려놓는다.
가을이 더욱 청명해진다.

갈대 앞에서

여기서부터
먼 물의 속살이 타올라오면
벌레집이 되어볼까
줄기마다 바람으로 마디마디 고요로
강물을 따라 크릉크릉 개처럼 짖어볼까.

죽어있어도 살아있어
바람에 스러져 누워도
몸 속 속잎 몇 장은
다시 일어난다.
너 때문일까
주소도 알 수 없고 살아있는지 죽어버렸는지 알 수 없는

갈대 곁에 갈대 세우려
갈잎으로 강물의 껍질을 깨고
흔들흔들 허욕을 다스린다.

여기서부터
하얀 꽃잎들 먼 길로 스스로 날아가고
하얀 속뼈뿐인 허허한 몸
스러졌다 일어섰다

중심 잃은 그리운 노를 저으며
속 없는 갈대
무게 없는 갈대
물과 바람의 노래를 부른다.

나무의 초상

아마존 셀바스에서 미시시피로 미시시피에서 태평양으로 항해하는 몇 만 톤 화물선에 갇힌 수 천 그루의 나무들 몸 속 수액만큼 애기꽃 피우던 핏줄들은 어디서 뚝 끊어졌을까. 잘린 팔다리에 메마른 눈알 수 천 개가 동서남북 방위를 알 수 없는 대양의 검은 구름 속에 고인다.

숲 속 나라 어느 나무 속에서 나온 조각난 지도 한 장

집 나와 잘린 나무손가락 수 천 마디 메말라 뒤집힌 꽃눈 수 천 개 갑판 위에 데굴데굴 굴러다닌다. 깨어질 수 없는 싱싱한 땅속에서 나온 하얀 피 섞인 콧물
그 콧물 줄줄 쏟아져 나오고 그 코 줄줄 부풀어 올라 뿌우! 뿌우! 코끼리 울음소리를 낸다.
그 울음소리 점점 작아져 몸을 접고 귀를 뱃바닥에 납작 대면 들리고 귀를 떼면 들리지 않는다. 나무 속에서 나온 지도 한 장 와글와글 배에서 녹고 있다.

아마존 셀바스에서 마지막 숨을 거둔 조각난 작은 지도 한 장
노동자들이 부두로 엮어준다.
대형 크레인이 그 무거운 지도를 육지 위로 스르륵 끌어 올린다.
두 동강난 나무와 나무가 싸운다. 나무숲을 사람들이 두 손으로
조몰락조몰락 반죽한다. 억센 손에 찢어진 지도 한 장 바람에 위
태롭게 흔들리고 있다.
그래도 지구는 돈다.

손바닥 속의 나무들은 더 이상 자라나지 않는다. 나무가 손바닥
안에서 하나 둘 사라진다.
손바닥이 전깃불이 텔레비전이 아메리카 밀림숲을 수천 마리 악
어떼가 되어 단단한 이빨로 통 채 아작아작 씹어 먹는다. 이빨
없는 손바닥 속에 나무벌레 수천 마리 바글바글 세상 밖으로 날
아 나온다.
TV에는 아메리카 밀림 숲을 얼굴 뒤집힌 사람들이 엔진톱으로
헬리콥터 소리를 다글다글 내며 도벌하고 있다.

지구의 조각난 지도를 보건하는 일은 너무 복잡해
음악 없는 하늘에 숨은 구름을 찾아 호수를 만들어야 하고 오대양 육대주에 동물보호구역을 확장해야 한다.
앞으로 넘겼던 짐승 울음소리 몇 백 페이지 다시 뒤로 넘겨 뿌우! 뿌우! 돌려 놓아야 한다.

나무가 풀이 되는 꿈은 풀이 바람이 되는 꿈은 무서워
두개골에서 기침이 콜록콜록 튀어 나오고 두개골에서 풀과 나무를 먹은 짐승들의 검은 침이 거만하게 아스팔트 바닥 위를 데굴데굴 굴러다니며 하하하 웃는다.
아직 인간이라는 관문을 통과하지 않는 지구의 풀과 나무들만 싱싱하다.
100년 뒤에는 고향이 사막이 된다는 신문기사는 꿈인지… 생시인지…

나무에 대한 몽상

내가 가 보지 않은 시에라네바다 산맥에 세코이아 숲은
사랑을 찾는 야생 철새들의 긴 울음소리로 몸을 뒤척인다.
그 비밀을 먹고 자라나는 나뭇가지와 잎들은 거친 바람에도 매일
즐겁다.

뿌리의 눈동자는 나뭇잎이고
나뭇잎의 눈동자는 뿌리이다.
삶을 몇 백 개의 발로 살아가는
뿌리의 역사는 밟고 밟히면 단단해진다.

생각이 없는 여기 세코이아 나무들은 언제 생각이 돌아올까
생각이 돌아오기도 전에 사라져버릴까
고개 들어 대답하라.
나를 보고 대답하라.
나무 너 지금 나를 보고 있기나 하냐?

아무것도 궁금하지 않은 하늘인데
너와 나는 왜 자꾸 전 하늘이 궁금해
가끔 한 번씩 그것도 종종
가끔 한 번씩 그것도 자주 종종
세코이아 하늘로 먼지가 되어 오른다.

아니지, 너는 종이가 되어 오른다.
나는 순백의 종이를 얼룩지게 한 그 얼굴로 오른다.
나무 궁금한 것
과연 네가 얼마짜리의 상품인지
오늘도 우리의 하늘에 다행히
뿌리에도 씨가 있고 알이 있는 나무가 오른다.
가끔 혼란한 이 생각이 병은 아닐까
생각이 없어 편한 나무의 일상

나는 나를 지나 가을을 지나 겨울을 걷고 있다.
손잡이 없는 창문은 멀리 밖으로 밖으로 걸어갔다
다시 걸어오고 있었다.
내가 나를 가지고 있는 것이 아니라
네가 나를 가지고 있는 것이다.
또 너를 가지고 있는 것은 네가 아니다.
땅이 너를 가지고 있고 하늘이 너를 가지고 있다.
너의 몸 속에 있는 바람과 불과 물이 그것을 아무 등식 없이 증명한다.
야생철새들의 사랑을 찾은 긴 울음소리에 시에라네바다 산맥이 흔들린다.

사진 찍는 나무

나무는 항상 내 사진기 속에 들어와 있습니다.
내가 나무를 매번 찍었으니까요.
오늘은 나무가 이슬카메라로 나를 꾹꾹 찍습니다.

동그란 나뭇잎에 두 발을 담그는 구름들
집집이 마주보는 도심 한가운데 상가들
저녁 어둠을 헤치고 은행나무 사진관 지붕까지 걸어온 이슬비
나는 이른 아침 나무사진관을 지나가다 잠시 걸음을 멈춥니다.
그때 카메라 렌즈 속으로 들어간 나는
하늘을 끌어당긴 동그란 나뭇잎의 푸름에 두 눈이 시립니다.
사진관 속의 수많은 카메라맨들이 번쩍번쩍 나를 찍고 있다는 사실에
나도 모르게 소리 없이 김치하며 한껏 포즈를 취해봅니다.
그러면 입꼬리가 올라간 나뭇잎 카메라맨들은 여기저기서 찰칵찰칵 셔터를 눌러댑니다.
사진을 찍을 때나 음식을 먹을 때나 한담을 즐길 때나
지휘를 도맡아 하는 건 얼굴이 환한 층층의 햇살입니다.
나무를 나무로 자라게 하는 층층지하에서 샘솟는 물입니다.
은행나무 밑에 둥글넓적하게 말라붙은 부모님의 모습 아내의 모습 아들딸의 모습을 축축이 적시고 간 까만 필름 위에 뻗어가는 붉은 혀로 바다를 뚫고 산을 밀어내고 이글이글 떠오르는 일출

한 장 몇 카트 렌즈 속에 포샵하고 있습니다.
사진보다 더 환해진 사진사의 얼굴들
박자를 맞추는 듯 리듬을 타는 듯 능숙한 솜씨로
자욱이 하늘에 널린 음표들을 똑똑 따서 목소리를 가다듬고 돌림
노래를 부릅니다.
나는 사방으로 문 열린 사진관 속에 사진사들의 동그란 나뭇잎
얼굴들을 스마트폰으로 찰칵찰칵 찍습니다.
은행나무 사진관 속에 동그랗게 맺히는 봄 행복 앞에서
기쁨이 가득한 듯 슬픔이 가득한 듯
아직 태어나지도 않은 태중의 노란 은행 알들의 웃음소리를 방울
방울 듣습니다.
길을 지나가는 행인들이 나무의 외투주머니에 꽂혀 조각조각 현
상되고 있습니다.

나무의 생존법칙

여름 태풍이 지나간 뒤
아름드리나무 한 그루 길을 막고 누워있다.
제 몸을 닦아 분주하게 피 돌리며
생을 키우던 나무
이제 그에게는 경쟁을 즐기던 삶의 향기는 없다.
누구에게도 발견되지 않았던 암호 형식의
일기들이 고스라니 나이테에 숨어 있을 뿐
사람의 평가도 죽은 후 면목이 드러날까.

뿌리는 뿌리대로
가지는 가지대로 생존을 질서로
향기를 내 뿜던
나무 한 그루
번듯한 무덤 하나 없이
뿌리는 향기를 내며
뿌리로 하늘을 보고 참 따뜻하게 누워 있다.
죽어서도 나무들은 향기로
숲을 편하게 하나

자식에게 사랑을 물려준
부모 같이
아름드리나무는 허공과 땅을
어린 나무들에게 물려주고
어린 나무들은 햇살을 한 됫박
퍼 마시며 웃고 있다.

느티나무

동구 밖 인자한 느티나무는
둥근 그늘을 키우기 위해
먼 동네로 아침저녁 걸어 나갔다 걸어 들어온다.
느티나무는 벌떼 같은 아집과 사념을 도려내고
수직으로 커 가는 본능도 도려내고
하늘 높이 치솟는 오만을 채찍질하며
허공을 수평으로 붓질한다.

동구 밖 인자한 느티나무는
들판에서 일어나지 못하는 풀들의 착시현상에 아무리 시달려도
우구구 떨어지는 한여름 불볕을
손바닥 발바닥 비질로 쓸어내고
그림자 커튼을 치고 하는 것은 아마도
한 동네 무서운 여름철을
대비한 비책 같은데

동구 밖 인자한 느티나무는
조석으로 거짓의 명제 가득한
한여름 햇볕이 맹렬해지면
느티나무는 두꺼비 혓바닥 같은 가지를 땅으로 툭툭 떨구어
수면수를 툭툭 떨구어
한동네 놀이터와 노숙터를 마련하고
피서 나온 사람들에게 잠을 한 보따리 풀어 놓는다.

와 송

아름답기 위해 몸이 공중으로 솟아 오른다.
땅에 떨어진 바람이 싫어 땅에 떨어진 햇볕이 싫어
흙 없는 천 년 묵은 사찰지붕 위에 자리를 잡고 외롭게 앉아있다.
허공의 붕괴를 막기 위해 정해진 순으로 따닥따닥 어깨를 걸고
숨을 쉬고 밥을 먹는 기와동네
하늘을 마주잡은 두 손들이 오르락내리락 하는 골진 기와계단에
너는 앉아있다.

아침마다 수거하는 세탁물처럼 삶의 꼬리는
하나의 옷걸이에 거꾸로 내걸리고
돛단배 모자가 지붕 위를 부유하고 연탄의 얼굴 같은
가난한 체계를 유지하는 키 작은 금강탑 하나
한파와 폭설로 죽은 듯 기울어진 비좁은 지붕 위에서
여름 한철 폭염 먹은 짠 땀방울을 매일 수 천 번 입으로 빨아먹고
서야 너는 네 통통한 푸른 허벅지를 잡고 일어설 수 있다.
발바닥에 맺힌 허공의 어지럼증으로 뿌리를 내리는 건
기와 속에 보이지 않은 무르익은 솜 구멍에 다섯 손가락을
휘저어 푸른 꿈을 꿰매기 때문이다.

나는 자동차 공장바닥에 떨어진 검은 바람을 먹고 검은 흙을 먹고 고집불통의 사각벽 속에서 수만 겹 색깔을 가진 스마트폰을 갉아먹으며 하늘로 붕붕 날아다닌다.
어제는 회사 회식에 오늘은 동창생 모임에 물만 봐도 술 냄새 퐁퐁 나는
천 가지 불똥을 가진 알콜이 내 몸에 굴절하고 있다.

입도 아니고 줄기도 아니고 꽃도 아닌 너는
땅에 떨어지지 않은 비바람을 먹고 이슬을 먹고 자라는 통통한 손바닥 수십 개다.
삼보의 높은 지붕 위에서 솔방울같이 하늘을 향해 파랗게 진화하는 와송

흔들리는 꿈을 꾸고 춤을 추며
송이송이 푸른 가슴을 키우는 너를 잘금잘금 깨물어 먹으면서
암에 병든 나는 천천히 치유되고 있다.

돌가시나무

나는 내 몸의 끝을 모릅니다.
하루 종일 천번 만번 끝만 생각합니다.
양 팔 벌린 가지는 그다지 허공이 두렵지 않습니다.
내 몸뚱어리를 이리저리 휘감아 사다리를 만들면 되니까요
그렇다면 당신은 무엇이 두렵냐고요.
예, 내 끝을 다녀와서 말하도록 하겠습니다.
예, 내 끝을 만들어서 말하도록 하겠습니다.
무성한 잎은 무성한 가지는 허공에 발 디딜 곳 하나 만들지 못할 바보짓이라고요.
하지만 후회 없이 헝클어진 가지도 주제 없는 입도 알고 보면 6월에 장미 닮은 꽃을 피우기 위해 동분서주하는 몸부림이지요.

나는 내 몸의 시작을 아직 모릅니다.
그 대답 없는 의문들로 온몸에 가시가 돋을 것 같아요.
그 시작마다 그 끝마다 꼬부라진 의문들이 몸 속을 빙글빙글 돌아 나를 탕탕 두들겨 팹니다.
내 몸 속에서 방짜 꽹가리 소리가 징소리가 먹빛 구름 곰삭는 소리가 이리저리 요동칩니다.
온몸에 열꽃이 죽 끓습니다.
그 열꽃이 온몸에 돋아납니다.
내 안의 절박한 소리들이 몸 밖으로 튀어나옵니다.

가히 모양새도 좋지 않은 도깨비 방망이 같은 전신 피부병 환자
같은 가느다란 뿔들이 시작도 끝도 없이 내 몸을 졸라맵니다.
작고 큰 못을 망치로 탕탕 내리칩니다.

내 몸의 끝 같은 독하디 독한 온몸에 거꾸로 난 못들은
어쩌면 수 많은 외부의 적들로부터 나를 지키는 울타리일지도
모릅니다.
아니 넥타이로 목을 졸라매야 살아가는 스카프로 목을 졸라매야
살아가는 줄줄이 붉고 하얀 꽃 피는 질기디 질긴 돌가시나무인지
도 모릅니다.

오늘의 별난 요리

잠을 자고 눈을 뜨자 내 눈동자 속에 구름이 한 잎 두 잎 돋아나기 시작해요. 그러나 마음은 시끄럽진 않아요. 하지만 눈이 무거워 똑! 똑! 구름을 몇 잎 따요. 구름 속에 숨어 있는 별을 내가 몇 개 삼켜버리자 천지에 구름이 여기저기 생겨나요. 그 구름들을 바람이 한 곳으로 쓸어 모으자 구름들은 보글보글 끓어올라 긴 꼬리를 끌며 급하강하기 시작해요. 높은 하늘에 쾅쾅 문 열리는 소리가 천지를 뒤흔들어 별을 먹어버린 내 몸 속에서 나도 알 수 없는 바람들이 하나 둘 불쑥불쑥 솟구쳐 올라요. 내 속의 뜬 구름들을 한 곳으로 쓸어 모아요. 내 온몸을 뻥뻥 구멍 뚫고 물이 줄줄 흘러 넘쳐요. 아니 더러운 나를 세탁해야 된다고 쾅쾅 나를 흔들어 버려요.

일단 기다리던 단비가 온다고 비만 그치면 씨를 뿌리야 한다고 모종을 심어야 한다고 어머니 아버지가 소동을 피워요. 행운을 잡은 듯 씽끗씽끗 누런 이빨을 보이며 벌떡 일어나 방과 거실 문을 열어요, 아! 이제 창밖에 비가 나를 때리고 내 몸 속에 비가 나를 때리고 출렁출렁 나는 큰 우주 속에서 방울방울 물장구를 치기 시작해요. 물 속에서 태어나고 물속에서 살아가고 있는 우리들은 물고기 하늘과 땅이 물고기 나무와 풀이 물고기 그 속에서 살고 있는 모든 것이 다 물고기이지요.

하늘도 구름을 두 손에 올려놓고 요리를 시작해요.
훙! 훙! 콧바람을 섞어가며 물컹물컹 주물럭거려요. 그러다 가끔 날카로운 이빨을 보이며 웅얼웅얼 주문을 외자 우르릉 쾅쾅 천지가 진동해요.
물론 무섭기도 하지만 단 한 가닥도 뒤엉키지 않는 생의 소리가 온 세상을 줄기차게 두드려요. 줄기차게 노래해요.
하늘과 땅에 문을 두드리는 소리 주룩주룩
세상에 물 열리는 소리 주룩주룩 빗발쳐요.
비는 먼지에 찰싹 달라붙어 온몸으로 먼지를 박박 문질러 먼지가 물이 되면
바람이 물이 되면 오늘의 별난 요리는 끝이 나요.

이제 더 이상 하늘도 땅도 요동치지 않아요. 꽃잎보다 더 깨끗한 풀잎 나뭇잎 물고기들이 내가 먹어버린 별 속에서 반짝반짝 빛나기 시작해요.
시끄럽지만 조용하고 조용하지만 시끄러운 사랑이 소란을 피운 자리마다 하나 둘 꽃으로 피기 시작해요.

제 2 부

집 나간 노트 한 권

집 나간 노트 한 권

방 안의 그늘을 꺼내면
그녀에게 증표로 받은 노트 한 권 발화한다.
책상 모서리에 첫 번째 행렬로 서 있는 노트에서
붉은 냄새 퐁퐁 난다.
나는 그 노트를 보면 물먹은 소면처럼 몸도 마음도 툭툭 끊어져
손가락 발가락 마디마디 댕강댕강 잘려 나간다.
노트 속에서 사방으로 흩어진 손가락 발가락들은 추억의 백사장
모래알이 되어 천근만근 머리와 목과 가슴을 누른다.
책상머리 첫 번째 꽂혀 있는 그녀는 뇌막 속에서 3층의 길 없는
길로 하이힐을 신고 연분홍 미니스카프를 입고 온 세상을 똑똑
뛰어 다닌다.

우리의 첫날밤은 해변의 작은 민박집
그날 밤 민박집 문은 조용히 닫히고 우리의 오랜 공복의 시간은
옛날식 흑백사진 한 장으로 남아있다.

두 번째 이사를 마치고 세 번째 이사를 마치고
네 번째 이사한 날
그녀에게 받은 노트 한 권이 감쪽같이 사라졌다.
낡은 흑백 사진 한 장 속엔 긴 머리카락 무겁게 등에 진
소녀가 팡팡 피어난다.
천 권이 넘는 서재를 뒤지고 뒤져도 한 번 사라진 노트는
보이지 않는다.

그곳

아무도 자리 잡지 않는 곳
있으면서 없는 것처럼
없으면서 있는 것처럼
아무도 들어가지 않아
누구나 다 들어갈 수 있는 곳

얼룩진 얼굴도
생명의 흔적도 없어
누구든 무엇이든 다 태어날 수 있는 곳

불길 물길
봄, 여름, 가을, 겨울
내 마음 방울방울 피어나는 곳

높은 하늘로 새가 날아오르고
태양이 옹달샘에 얼굴 씻는 곳
아담한 집 한 채

무의식의 세계에
아무 생각 없는 나무 냄새
들끓는 그 속

유리창

아침 몇 시에 해가 떴을까.
햇볕을 담은 유리창이 제 몸 크기만큼
햇볕을 오려 내 방안에 펼쳐 놓았다.

내 허락도 없이 방안 깊숙이 들어와 조용히 누워 있는
천국의 저 작은 발 하나
두 손으로 잡아도 손 위에 올라선다.
두 발로 밟아도 발 위에 올라선다.

도대체 누가
방 유리창 크기만큼 햇볕을 오려
내 손발 위에 내 몸통 위에 내 머리 위에 표시도 무게도 없이
올려놓은 걸까.

밟아도 밟히지 않는 쥐어도 잡히지 않는 저 빛은
유리 안에 유리가 더 있다는
방안에 방이 더 있다는
내 안에 내가 더 있다는 표시일까.

유리 속에 들어간 말간 영혼 하나

에피타이저(appetizer)*

바람의 책장을 넘기며
말없이 걸어온 발자국 소리가
서서히 부풀어 올라
한 층 두 층 구름의 껍질을 벗긴다.
지금은 아버지의 시간

얼굴이 없고 눈물만 있는 인간이
바람의 내장 속으로 서서히 걸어들어가
마지막 날이 없는 물방울을 하나 둘 만들어
햇빛의 시간 위에서 양 팔을 뻗고 우두둑 우두둑 자란다.
지금은 어머니의 시간

죽음의 잔해를 드러낸 씨앗을 품은
최초의 몸이 침묵을 깨치기 위해 길을 묻는다. 길을 걷는다.
바람은 바람을 다듬기 위해 바람이 분다.
사람은 사람을 다듬기 위해 바람이 불고 물이 흐른다.
에피타이저와 밥을 먹던 우리집 사랑의 아궁이에 불을 밀어 넣어
최초의 울음을 탄생시킨다.
지금은 발아의 시간
서러움도 기쁨도 다 용서받은
햇빛의 시간 위에서 아버지 어머니가 걸어다니고

내가 걸어다닌다.
먼지가 걸어다니고 모래알이 걸어다닌다.
지금은 꽃의 시간

알 수 없는 우리의 마음 동그란 방
문은 언제나 우리를 여는 열쇠
아버지가 걸어들어온다.
어머니가 걸어들어온다.
내가 걸어들어온다.
집 밖에는 개나리 진달래 몸에서 문이 활짝 열려 잎도 나기 전에
꽃이 피어 무럭무럭 자란다.
벌 나비가 훨훨 날아다닌다.

우리는 어디서 여기에 왔을까
눈 코 입 혀 손발은 또 어디서 여기에 왔을까
사랑이 들어온 우리 집은 빛이 가득한 방이다.
할아버지 할머니가 심어놓은 주름 잡힌 발가락 위에 농약 먹은
지렁이가 살아 있는 땅 위에 복숭아 사과를 심으며 우리는 물고
기처럼 환하게 헤엄쳐 나간다.

---

* 에피타이저(appetizer) : 서양요리에서 식사하기 전에 식욕을 돋우기 위해서 마시는 술, 칵테일이나 와인 등등

길

길은 발을 가진 짐승을 유인하는 발 아닌 또 다른 발이다. 하늘을 날아다니는 구름이 아닌 이상 새가 아닌 이상 발을 가진 우리는 절벽에서 뛰어내릴 수 없는 위험한 짐승들이다. 돌다리도 두들겨 가며 길을 걷지 않으면 우리의 단단한 두 발도 그만 허물허물 녹아내리고 만다. 도처에 위험은 내 몸 속에 도사리고 있기에 혼자 충돌하고 혼자 폭발한다. 폭발한 뒤 우리의 이마 밑에 두 개의 구멍이 생겨났다. 물이 차 오르고 물이 빠져 나가는 호수가 생겨났다. 벽을 뚫어야 생기는 구멍 살을 찢어야 생기는 구멍을 사람들은 반짝반짝 빛나는 눈이라고들 한다. 몸을 곧추세우기만 하면 눈 속에 길을 담아야 똑바로 설 수 있고 걸을 수 있는 우리는 눈이 무거운 산짐승들이다. 길을 담은 눈들이다.

우리 집 창문은 충돌하지 않기 위해 충돌하는 옆집과 뒷집 앞집을 모두 다 볼 수 있는 4.0 이상의 시력을 가진 아프리카 원주민들. 하지만, 사방에 벽이 모여 눈이 어두운 우리들 눈을 감고도 나뭇잎 모양의 따뜻한 구멍을 통해 공기를 마시고 물을 마시는 입이 무서운 산짐승들이다.

길 옆에 길이 있다.
길 위에 길이 있다.
길 밑에 길이 있다.

길 속에 길이 있다.
길, 길, 길
아우토반로, 천논고속로, 신칼센로, 그레이트 오션로, 캘리포니아 1번 고속로, 코르코바로, 어제보다 오늘은 길이 더 커졌다. 눈이 더 귀가 더 코가 더 입이 더 커졌다. 물론 손가락 발가락까지

길을 닮은 꽃들
코스모스 꽃이 코스모스 꽃에 붙어 꽃이 핀다. 실성한 벌이 길보다 높이 날아올라 나무보다 높이 날아올라 사람도 따 먹지 못하는 꽃을 따 먹었다고 하하하 웃는다. 아프리카가 유럽에 붙어 유럽이 오세아니아에 붙어 오세아니아가 아시아에 붙어 얼룩무늬뱀 비늘 같은 뿌리를 길게 뻗어 달려온다. 코스모폴리탄 꽃이 코스모폴리탄 꽃에 붙어 길 위에 우우우 미끄러진다. 꽃 위에 꽃이 떨어져 꽃이 미끄러진다. 길을 가는 차가 미끄러진다. 길을 가는 고양이가 미끄러진다. 길을 가는 길이 미끄러진다. 시간도 모르는 시간을 알고 계절도 모르고 계절을 안 벌이 벌로 하하하 웃는다.

치워도 치워도 길은 다 치울 수 없다. 우리는 몸 속에서 몸 밖에서 시작도 끝도 없이 천 가닥 만 가닥 길을 풀었다 감았다 살아가는 무서운 거미떼들
호모사피엔스, 사피엔스, 사피엔스.

징검다리

이제나 저제나
말없이 엎드려

가슴 치는 울음소리에
닳고 닳아 우두커니 서 있는
늙은 듯 저문 듯 외로운 그대

몸만큼 길을 비워 몸만큼 길을 열어
바다를 꿈꾸는 푸른 물소리
길 떠나는 사람들마다
파랗게 읽어준다.

아침에 본 사무친 얼굴
어디로 가고 그대 혼자 남아
차가운 물 속에 쓸쓸히 서 있나

누가 와서 밟아도 말없이 밟히는 그대들
우리들 마음 속에 띄엄띄엄 비워둔
소리 없는 외로운 징검다리

옹달샘

대문 없는 집이 모래알을 낳습니다.
눈을 뜬 햇빛이 촘촘히 금줄을 치면
수줍은 물의 볼이 금방 따뜻해옵니다.
무엇을 밀고 가야 하는지
무엇에 밀려 가야 하는지 오래된 하늘이
얘기하면 세상에 처음 나온 물은
금방 알아듣습니다.
거미줄 숨결 골을 펴면
물의 부챗살은
나풀거리는 춤같이
참방거리고
바람은 다가와 무거운 비늘을 털어놓고
날아오릅니다.

호박처럼 순한 돌을 빙빙 돌아
물과 물 사이 길을 따라
아옹다옹 몇 만 광년 출렁거리며
너와 내가 맞물려 앞 다퉈 달립니다.
언제나 뒤를 돌아보고 싶은
마음 꽃무늬로 교직됩니다.

몸부림치는 눈물샘 수 억 만개 다닥다닥 붙어
소리 높여 울면
코끝이 쨍해 옵니다.
달리는 사자등가죽 같이 사나운 몸을 흔드는 물의 발자국들은
귀함도 추함도 높고 낮음도 없는 수평선을
향해 쉬지 않고 달립니다.

해와 달의 시간을 건너가는 무지개를 따라…

눈물샘

연아
빨간 해로 떠오른 연아
바람에 곤두박질치다
바람에 달로 떠오른 연아

물고기 노는 강에 젖고 젖은 연아
나는 너를 따라 가는 한 굽이 두 굽이
수줍은 샘물 미소로 다가온
높고 깊은 하얀 너울

연아
얼음 물방울 연아
줄 끊어진 연아
언제 남풍에 목비 내려
내 갈증 식혀주려나

너는
짭조름한 내 속에 죽지 않는
눈물꽃 한 송이

별의 호수

티티카카 호수에 물먹은 저녁이 머리를 숙인다.
새떼들이 숲의 그림자를 몇 가닥 풀어 잠들고
호수에 별이 풍덩 물 한 바가지 하늘로 길어 올리면
아직 잠들지 않은 안데스의 산들까지 별을 잉태한 육지 속 바다를 베고 누워 천천히 잠에 익는다.

은하계에서 날아온 별을 보고
짭조롬한 옛 바다 이름을 지어 부르면
내 눈과 귀와 입에 먼 길을 걸어온 별이 고여 지층을 이룬다.

죽은 갈대 위에 또 갈대가 죽은 것은
장차 태어날 갈대의 심장에 피를 돌리고
생각 없는 바람 없는 고원의 땅에 뿌리를 내리는 일이다.
갈대를 엮어서 호수 위에 배를 띄우고 고기를 잡는 물이 흥한 옛 제국을 탄생시키는 일이다.

어느 행성에서 낙타 등을 타고 걸어온 외로운 별이 고인 자리마다 콩알만한 파란 우주가 태어난다.

강줄기와 갈대의 외투 주머니에 꽂힌 별이
하늘의 비밀을 입에 물고 도망치려 하고
시동을 끄고 냉각에 들어간 육중한 검은 밤이
안데스의 길을 막아서면
물에 녹은 어수선한 바람들의 몸싸움은 시작된다.
강줄기가 일어섰다 별이 넘어졌다.
별이 일어섰다 갈대가 넘어졌다.
파괴도 없고 배설물도 없는 별난 잔치 뒤엔
아름다운 민들레 홀씨가 훨훨 하늘 높이 날아오른다.

별 한 번 보고
눈 한 번 뜨고
별을 별이라 슬금슬금 이름 붙여 부르면
내 마음 속 호수
오장육부에 별이 자라나
보이지 않는 어둠 속에서 옛 노래 한 소절
출렁출렁 파도치는 이곳은 망코 카팍*의 전설이
살아 있는 별의 고향이다.

* 망코 카팍: 잉카 왕조의 창건자.

뒷뜨락

어릴적 상처를 담아 놓던 뜨락
천방지축 뛰어다니다 다리 걸려 넘어지던 무수한 나날
우리 집 배고픈 빈대들 찬거리 실어 나르던 물빛 도는
매일매일 커 가는 왕빈대 후손들

슬플 때마다 긴긴 울음을 받아주던 별빛 담은 뜨락
사람의 울음도 꽃을 피운 그 작은 꿈의 나라
지린내 스며 있는 유년의 까만 눈망울들

꽃이 이름 있는 꽃에만 피는 것이 아니라
무에도 꽃이 피고 감자에도 꽃이 피고
종다리가 노래한 곳

한 뼘 땅을 탐해 꿈틀거리는 헐벗은 초가 한 채 속에 빈대들
끓는 별빛에 무너지는 소리 아득히 들린다.
그 깨알 같은 눈물과 웃음소리
메마른 쑥부쟁이 구부정한 풍경 한 편이 바람에 흔들린다.

물놀이

물이 내 위를 걸었다.
나는 잠깐 오리발을 움직이면 되었다.

기어코 파도가 내 몸 위로 굴러갔다.

물들은 급하게 헤매이며 바다 밖으로 나가 버렸다.
그러나 바다 밖으로 나간 것은 물이 아니었다.

물이 입을 크게 벌렸다.
하지만 아무것도 먹지 않았다.

물이 자기 길을 가는 것처럼
달리 할 말이 많은 것처럼
내리막길이 입을 크게 벌렸다.
오르막길이 입을 크게 벌렸다.

어제의 바다와 모래들 오늘의 바다와 해초들
열심히 물 속으로 굴렀다.
모두 파도를 익히고 있었다.

곰곰이 있으면 단단한 바다가 팽팽한 물이
내 몸에서 어쩔 줄 모르는 것을 본다.
하늘에 하얀 달이 찍힌다.

바위산에 솔개들이 모인다.
변화와 도전을 선택한 솔개는 상처투성이의 부리가 다 닳아 없어
질 때까지 부리를 쪼아버린다. 발톱과 깃털도 다 뽑아버린다.
생사를 건 솔개가 다시 태어난다.

나는 입을 벌려 꿀꺽 물의 긴 숨을 받아먹는다.
바다가 쏟아내려 하는 것은 무엇이었을까.

나는 튜브를 몸 앞으로 당긴다.
손가락이 물 위를 걷는다.
발가락이 물 위를 걷는다.

구름의 척후병

엘리베이터 앞쪽에 있는 우리 집
물꼬리가 솟구친다.
사방으로 물이 부서져 날리고
구름이 배관을 타고 진군한다.

설비공은 바닥을 밟는 게 싫다.
구름을 토한 것 같다.

누가 와서 고개를 숙이고 정교한 인사를 나누었던가
폭식과 폭주로 이탈을 허용한 나른한 몸
동맥경화 심부전 같은 불안한 의혹들이 쑥쑥 내 안쪽에서 자란다.
사각사각 구름을 갉아먹는 벌레들
기어코 빗방울이 내 발 위로 굴러 내렸다.

구름의 눈물이 차갑게 빛난다.
구름 속에서 포복하던 물들이 문을 민다.
손가락 발가락 다 잘라낸 구름의 모의는
물과 물이 부딪혀 싸우는 전쟁인 거죠.
물을 인질로 잡은 우리의 아파트에 비상벨이 울린다.

캄캄한 싱크대 속에서 새들의 울음소리가 들린다.
구름이 뒤엉켜 있는 싱크대를
누수 설비공이 파이프를 조이면
싱크대는 어른스럽게 입 닫는 법을 배운다.

빛이
맨발로 슬리퍼를 끌고 자박자박 지나가고
뱀은 머리부터 허물을 벗는다.

그는 구부러진 싱크대와 하숙을 하고
우리 집의 계절을 측량하고 다른 집으로 간다.

슬픈 소리가 온몸을 휘감아 돌아도 소리 없이 꼭꼭 숨어서
수돗물처럼 목마를 때마다 세차게 쏟아지는 사랑이
세상에 있을까.

이상 고온현상

한사코 따라오나
나에게 달라붙은 별
둘만의 시간
무언가 있지 싶은
겨울날 해거름녘
비밀리
자라나고 있는
꽃 한 송이
오늘이
소한인데 온도는 영상

좁아진 하늘만큼 햇빛의 시야도 일렁이고
태양의 핏줄 속에 움츠러든
너와 나의 뇌하수체
뱀의 꼬리
불장난 속에 핀
얼음꽃 한 송이

너도 나도 늘
오리무중
꽃은 오늘밤 더 오리무중

앵무새

나는 창살 안에서
누군가가 사육하는
한 마리 새
세상을 날고 싶으면 잎사귀마다 푸른
나무에게 귀를 열어놓고
내 속으로 들어가 보자.
넓은 허공과
맑은 바람이
알아들을 수 없는 언어들이
비디오로 오디오로 챙챙 소리 지른다.

아침잠에서 깨어나 첫번 말하는 자기의 목소리가 남의 것인 듯

사육사가 던져주는 식사시간만
기다리고 있는 나는
새 아닌 새
세상의 모든 말을 다 따라 하면서도
단 한 마디의 내 말은 할 줄 모른다.
눈도 귀도 코도 입도 모두 남의 것인 듯

잠에서 깨어나 첫 번 말하는 자기의 목소리가 남의 것인 듯

대맥大麥

뾰족 뾰족 하늘 찌르는 보리를 보면
고달픈 구름이 보인다.
점, 점, 두 어깨 늘어진 어머니가 보인다.
다락논 나락골에서 어머니 몸이 버거워 비가 오면
흙탕물 먹은 비료부대를 우의로 입은 어머니는 영락 없는 거지
뒤엎은 비료부대 꼭대기 한가운데 사람 머리 집어넣을 구멍을 뚫어 공기길 만들고 어깨 높이에 두 팔 집어넣을 골목길 만들어 우의로 걸친 어머니 얼굴과 비료부대 눈썰매를 타던 내가 겹쳐진다.

막힌 곳이 없는 어머니
눈으로 보지 않고도
어찌나 나를 잘 보는지
하루종일 나를 졸졸 따라다닌다.
그러다 막힌 곳이 생기면 청보리 목소리로
호야! 호야! 이름을 부른다.

머리끝에 뿔을 숨겨 두었다가
하얀 눈얼음을 뚫고 나온
뾰족 뾰족 솟은 보리가
펑펑 울 것 같은 푸른 눈으로 나를 빤히 쳐다보면
울컥 이런 말이 튀어나온다.

나를 아직도 어머니가 먹여 살리느라 이 엄동에 다락논,
보리 골에서 푸른 땀방울 뻘뻘 흘리고 계시는구나!
우리 서러움의 식량!
봄 여름 가을 겨울 비 오는 날엔
비료부대 우의에 갇힌 어머니
홀린 듯이 수상하게 흔들리는 이파리
결빙된 시간을 깨고 꽁꽁 언 몸 풀면
별빛이 가득 들어 있는 하늘을 빨아들인다.

어느 스승의 날

과일이 든 꽃바구니가 배달된
어느 오월 십오일 저녁

풀 향기에 얹혀
풀과 나무의 집에 꽃피는 어둠은 퍽 편안하다.

토기와가 서실에 두 줄 도열해 있는 방
옛 사람의 땀 냄새가 낯익다.

나도 모르게 두 무릎을 꿇고
나도 모르게 머리를 방바닥에 조아리고
1년 동안 달 뜬 나를 주저 앉히는
배움의 대자보 앞

칠순 넘은 스승의 나이 뒤로
친한 달빛이 화소의 꽃바구니 앞에서
배다해의 큰 종소리가 되어 울린다.

발밑에 조아려 감히
고개 못 드는 내 이마의 푸른 심줄 위에
우주를 순례한 달빛이 가득 쌓인다.

만리포

잔기침에 잠 못 이룬 사구
수런수런 안부 돌리며 바닷길 잇는 백사장
차디찬 몸 부비며 살 깎는 소리 파다하다.

천리 바다 너머 만리 바다 너머
깊고 깊은 목숨마다
새 살 돋아난 서해는
하얀 물거품이 푸득푸득
하늘 높이 날아오른다.

시끄러운 물보라에 몸을 꺾는 모래알의 적막
수묵의 달필로도 못다 쓴 그리움에
헛배 불리지 않고 혼자 떠 있는 하얀 달빛 들판

뼈마디 시퍼런 결기로
버석버석 사진 찍는 만리포는
하얀 등뼈 보이며
바람결마다 눅은 바다 냄새 잠재운다.

수평선의 노래

눈을 뗄 수 없다.
수평선은 평정이다.
행이 없는 행을 나눈다.
반복되는 리듬의 굽이마다 눈이 따갑다.
웃기 위한 울음소리를 바다에서 듣는다.
바람이 자유를 밀어내고 첨벙거린다.
자유롭게 넘어지는 물에 소금이 돋아난다.

눈을 뗄 수 없다.
푸른 물보라가 세상을 만든다.
푸른 액체가 구름을 피워 올린다.
웃음이 울음을 따라오고
울음이 웃음을 따라오고
둘이 휘어져 하나가 된다.

눈을 뗄 수 없다.
물이 쌓이고 쌓인 바다가 고삐를 당긴다.
느낌표를 그리기도 전에 새가 나보다 먼저 와 있다.

푸른 눈동자 속에 곧게 서 있는 저 수평선은
내가 갈 수 없는 평정일까
이마 주름이 엇걸려 눈을 들 수 없다.
갈매기는 몸과 마음으로 하늘을 알고 있다는 듯이
수평선 쪽으로 멀리 날아가고 있다.
나는 접힌 이마에 제 삼의 눈을 끼워 몸과 마음으로 하늘 가까운
수평선을 바라본다.

휴일 산행

모기 소리 파리 소리 지겹다고
모기장 밖으로 나가자는 모녀의 자음모음
우리는 모기장에서 나온다.

아버지 빌딩모자 썼잖아
새들이 줄줄이 도망 가고 꽃들이 울게 생겼잖아

머리에 쓴 집 한 채씩 벗는다.
머리는 배춧잎처럼 일어난다.
얼굴에 그물 망사 쓴 아내가 망사를 벗고
얼굴 속에 담긴 그림자의 유골을 지운다.
우리는 동그란 산 속에 담긴다.
둥둥 북치는 바람의 언어가
엉덩이 큰 구름의 언어가
입 속으로 들어온다.

내가 걸으면 아내가 나를 지우고
아내가 걸으면 아내를 딸이 지우고
딸이 걸으면 딸을 엉덩이 큰 산이 지우고
눈물을 닦아주는 흙 속에 신발을 벗어놓고 들어간 우리는
몇 송이의 붉은 꽃

도 색

우리 집 도색은 늘 헌 물건처럼 고리타분하다.
색깔마다 바람 따라 풀려 나간 족적들
벽에 번진 고단한 손자국들

거대한 공룡뼈 같은 도심의
아스팔트도 때로는 무인지경 숲을 이루고 싶어 덜커덕 덜커덕
늑골을 세워 운다.
시꺼먼 아스팔트 바닥이 붉게 웃는 한낮
나무이면서 나무가 될 꿈을 왈츠로 표현하는 도시의 숲이
파란 수피의 마지막 저항과 함께
도심의 먼지를 지우며 그림을 그린다.

노란 도색을 한 오리집과
노란 은행나무 가로수가 얼굴을 마주 보고
노란 손을 잡는다.
다행히 서로를 뚫고 나가지는 않는다.

한 사내가 하루 일을 마감한 사람들 앞에서
석양을 온 세상에 바르고 있다.
그림을 다 그린 사내가 은색 밤을 수집하는 석양에 척척 발리고
있다.

노상방뇨

사방팔방 사람 한 명 없는 빈 터
고쟁이 다 벗어도 눈치 없어 편하다.
온몸 이목에 젖을 만큼 젖어서
더 이상 젖을 것도 없지만
더 이상 참을 것도 없지만
여름 한가뭄에 마를 만큼 마른
돌멩이 같은 땅 위에서 서서
스프링클러 사타구니 목잡고
시들시들 다 죽어가는 수선화 몇 포기를 향해
두 눈 다 뜨고 두 눈 다 감고
시원한 시 한 편
시원한 노래 한 소절
쉬-쉬- 물대포를 갈기면
땅의 꽉 쥔 맨주먹 비명을 따라 물방울이 떼굴떼굴 굴러간다.

사방팔방 사람 한 명 없는 빈 터
눈치코치 그 평평한 긴장 다 열고 나와
생존의 기본권을 맘껏 누려보는
염치재치 없는 시원시원한 오줌발을 세우면
뜨거운 혓바닥 줄줄 풀어 공터를 뜨개질하던 햇빛도
두 손 두 발 다 놓고 이죽이죽 웃는다.

초목이 가지지 못한 그 짭짤한 염화미소가
그 하얀 눈빛이 메마른 땅 위를 떼굴떼굴 굴러가면
그때 수선화도 꽃잎을 세우려 허리를 펴고 일어나 헉헉거린다.

노숙자

참치 한 마리
낫 모양의 등지느러미 감추고
낮에도 달이 뜨는 지하도 바다에 누워 있다.
그는 어느 먼 해양을 유영하다 여기에 왔을까.
꼬리는 구멍 난 양말 밖으로 나와
삿대처럼 힘차게 바다를 항해하는지
회사 사무실과 거래처를 누비는지
좌우로 꿈틀거린다.
무거운 짐을 실은 배 망망대해
암초에 걸려 삐걱삐걱 소리를 내며 뒤흔들릴 때
도심 속 어느 가게 앞에 서서
인내의 불씨를 지펴 뻐끔뻐끔 말보루 피우던 두 손가락은
외투 이불 안에서 그림자로 꿈틀거린다.
물 속에서도 눈을 감지 않는 고기의 습성으로
삶을 증명이나 하듯 반쯤 눈을 뜨고
머리도 몸통도 지느러미도 없는 그는
캄캄한 지하도 깊은 물살을 훅훅 빨아들인다.
잠시 수면 위에 머리를 내민 참치는 몸이 찬지
외투 위에 누런 신문지를 덧이불로 덮고
이제 그림자조차 움직이지 않는다.
죽은 물고기의 체온이 살갗에 닿을 때 취하는 행동일까

도심 한복판을 춤추며 유영했던 그가
아는 사람 만날까 두려워
이상한 인기척이 있을 때마다
신문지와 옷으로 얼굴을 가리고
속숨까지 감추려는 듯 가만히 누워있다.
아무 일 아무 탈 없는 듯…

야광별곡

바람이 몰고 온 거대한 짐승 한 마리
하늘에서 땅으로 천천히 착지하는 중이다.
등고선을 따라 배수진을 친 야생 산골짜기의 가시덤불 속에는
어제의 하얀 달이 죽어있다.
수다 떨던 초록 갈망도 커튼 주름 안으로 사라진다.
꼬리 없는 땅 그림자가 혀를 깨물고 절벽을 타이머들처럼 천천히
기어오르고 있다.
시냇물은 강줄기를 향해 아무도 지나가지 않는 쓸쓸한 디딤돌에
몸을 부딪친다.
새들이 소음을 버리고 적막을 필독한다.
저녁 숲이 구름 속으로 흩어진다.
구름다리 건너가던 단발머리 들녘이 사라진다.
장발머리 숲이 사라진다.
개가 무릎을 꺾는다.
앞산 뒷산이 칼도 없이 도려진다.
동굴의 창자 같은 무거운 시간들이 확산된다.
천지에 까마귀 날개짓이 빨라진다.
산봉우리들이 날개 없이 하늘로 날아오른다.
초록이 도륙되는 냄새가 적막할 때
달이 성냥불을 켠다.
낮이 달에 다 홍정되어 멀리 야광이 반짝인다.

헐레벌떡 집으로 걸어와 신발을 벗는다.

여드름 난 야광노트 위에 귀가했다 또박또박 적는다.

외로워도 밤이 눈에 뚝 떨어진다.

외계에서 온 별 하나 가슴에 뚝 떨어진다.

밤은 어둠이란 벽으로 이루어졌다

길이 고르지 못한 퇴근길
바람에 흔들리는 나무처럼 그는 깊은 뿌리에 가라앉은 이야기를 떠올리곤 한다.
가로수가 있는 발등 위로 듬성듬성 발을 옮겨 놓으면
생명회로가 가득한 방에는 열리지 않는 문도 더러 있을 것이다.
한때 지평선도 열 것 같은 가지들
그런대 왜 잎들은 이별을 항상 각오하는 지
새로 환생하는 모습을 세상에 유포하고 싶을까.
아님 빛깔과 온도를 누구에게 주려고 맨살뿐인 나날을 준비하고 있을까.
나무 뿌리들은 사람들의 미묘한 마음처럼 알 수 있는 것을 알 수 없도록 깜박이는 물음표나 말줄임표를 적고 있는지도 모른다.
날씨가 추워 손의 감각이 무디어질 무렵
가지와 가지들이 부딪혀 빛의 조도를 노래로 풀면서 나무는 좋은 날만 기억하기 위해 욕심을 부리지 않는다.
그가 자전거를 타고 가면 고요한 밤은 소리 없이 쑥쑥 자란다.
작은 바퀴살에 잘려나가는 집들은 매연이 묻어있다.
그는 늘 아내가 싸준 도시락을 등에 업었다.
몸을 돌다 나온 도시락에서 빈 깡통 소리가 나면 아내가 등에 업혀 따라온다.

집들은 창문으로만 세상을 보고
사람의 눈이 다다를 수 없는 하늘을 움켜쥐려
허공을 향해 욕심을 부려본다.
열쇠 구멍같이 캄캄한 마력이 기거하는 집
문 속으로 들어간 사람들은 자꾸만 작아진다.
빛이 가벼워져 밋밋하게 사라진 아파트는 다리가 경직된다.
밤마다 어둠이 사지를 갖추고 일어서고
내면과 외면이 부딪친 빛이 가로등 안에서 항아리 속 고요로 피어오른다.
유리문을 덜컥 두드리는 사람의 그림자가 부서져 비명을 지르더라도 모두가 잠을 청하는 밤에는
눈을 감은 가게 문들은 순수한 직선이 되려고
치열이 고른 건물을 하얀 이빨로 물고 서서
부서져야 열리는 바람을 외면한 죄 값으로 긴긴 밤잠을 설칠 것이다.
하늘이 토한 밤은 내일이면 다시 돌아올 이별이라는 미래의 형식으로 이루어진다.
그는 상처투성이의 몸을 비틀며
자전거 바퀴살로 바람이 부는 대로 구름이 가는대로
닳고 닳은 무릎 값으로 구한 집을 향해 달려간다.

제3부

눈 오는 날 우체국 앞에서

• 눈 오는 날 • 눈 오는 날 우체국 앞에서 • 도로변 나리 • 실종 • 붉은 닭벼슬이 진다 • 붉은 녹 • 발바닥 • 공룡 발자국 • 타란툴라 • 달 • 사랑니 • 도둑질 • 멈추지 않는 바퀴 • 코 • 직포 짜는 소리 • 오늘의 아내 • 비닐봉지와 사내 • 우도(牛島) • 촉석루 • 벽속으로 사라지다 • 가짜 죽음 • 우스운 죽음 • 건축의 기술

눈 오는 날

눈 오는 날이면 고래가
사거리 앞에 드러눕는다.
하늘은 물살을 짚으며 온몸 구부려
세상이 걸어온 몸살의 지문들을 하나 둘 지운다.

구름의 입자들이
꽃망울로 익어
산에 들에 가로등에 유리창에
얼굴을 댄 채 수묵화를 그린다.

세모 네모 다각형 원형의 아이들 웃음소리가
풀 수 없는 도형이 되어 바람의 맥박을 짚으며 날아다니고
자전거에서 내린 내 말들은
통장 위에 붉은 인주와 검은 숫자에 머문
눈을 눈꽃으로 지운다.

별을 따라다니던 가슴들이 뽀독뽀독 장단 맞추어
내 살갗을 들락거릴 때마다
꽃밭에 불려나간 내 육체는 구름 몇 개
손가락에 끼우고 나비춤을 춘다.

누군가의 아픈 사랑이
머리에 맺혔다 다시
발등 위에 눈물로 떨어진다.
나와 남이 없는 세상 속으로 들어간 나는
한 박자 느린 숨을 쉰다.

눈 오는 날 우체국 앞에서

십이월이 나를 만나 처음 건넨 선물은
허리 구부려 휙휙 뿌려놓은 흰 눈
눈과 눈 사이에 서 있는 일은 중독증
하얀 새떼들이 날아온다. 그리고 그 새떼들이 날아간다.
나는 집배원 우체국 앞에 서 있다.
우체국 앞에서 맞는 눈은 편지다. 그림엽서다.
세상엔 읽은 편지는 많은데 읽지 않은 편지는 적다.
먹을 음식은 많은데 먹고 싶은 음식이 적은 것처럼
지금은 눈의 시간 세상에 눈밖에 없다.
적막 가운데 툭툭 구름이 추락한다.

깨끗함이 시작되는 십이월 세탁소집 사람들은
구절구절 절은 옷가지를 매만지는 촉촉한 손끝마다
하얀 손에겐 하얀 학대일지도 모르지만
세탁기 없는 세탁할 사람 없는 단맛 나는 다리미질을
구름이 했는지 바람이 했는지
푸른 무늬 검은 무늬 붉은 무늬 마구 두들겨 흰 맛을 내는 폭신한
당신들이
오늘 하얀 족두리 꽃 피워 온 세상이 경건하다.

푸른 눈물 붉은 눈물 포기하고 하얀 꽃이 된다는 건 좋은 일
눈물이 죽어서 하얀 꽃이 핀다는 건 더 좋은 일
담배를 쥔 손이 차갑게 아려 담배를 잡을 수 없어도 담배가 눈에 젖어 불이 꺼져도 아쉬울 건 없다. 우리들에게 담배는 분위기를 먹는 빨간 불꽃에 불과하니까.

붉은 우체통이 희면 어때
초록 지붕이 희면 또 어때
꿈에서 들었던가, 오늘 눈이 온다고 했던가, 어제 76세 김노미 할머니에게 오늘 간다고 했던가 하얀 혈압 약은 왔는데, 나는 담뱃불이 꺼진 줄도 모르고 담배연기 후후 불어가며 눈 덮인 길만 보고 있다.
오늘 철 모르는 해는 며칠 동안 눈을 감고 어디로 달릴지 아무도 모른다.

도로변 나리

나는 상처로 이루어진 몸
바람을 먹고 바람을 만드는 이들에게 매를 맞고
관절통을 앓는다.
바람의 탄환이 머리에 목에 수없이 박힌다.

어지러운 도로변
외로이 선 나리
뿌리 내리는 소리에 놀란
할아버지 가던 길 멈춰 서서
하염없이 바라보며

지금은 너에게 돌아가 바람소리 물소리 들으며
별을 노래할 때
얼마나 많은 사람들이 여기서 죽었는가
그리고 또 죽어갈 것인가.

풀과 나무도 없는 거친 바람 속에서
밀고 밀려
티끌 씻어내는 해와 달 생각하며
비장한 주황색 깨알을 키워

고무공처럼 튀어 올라
슬퍼도 기뻐도 눈웃음치는
꽃을 피워
다음 세상으로 날아갈 야문 꽃씨
주렁주렁 매단다.

실 종

그녀는 스물과 만났다.
가슴이 떨렸고
노래방이 솟구쳤다.
도처에 방이 있었다.
젊었고
목 안에서 노래가 쏟아졌다.

검은 바람이 문을 지키고 있었다.
애인의 발자국이 선명했지만
애인 곁으로 갈 수가 없었다.
그녀는 노래방 화장실에서
두 가슴을 던져주고
그의 스무 살을 잡으려 했다.
젊은 애인을 잡으려 했다.

사십의 남자가 검은 입으로 노래를 했다.
이토록 쌀쌀한 사십
이토록 날카로운 사십
검은 두 손발이 그녀에게 쏟아졌다.
그녀의 젊음이
노래방 화장실 속에서 사라졌다.

그녀의 핸드폰 벨은 다시 울지 않았다.
불길한 뉴스만 재생되고 있을 뿐

붉은 닭 벼슬이 진다

꿈을 잘못 꾸었나 툭탁툭탁
그 소리마저 머릿 속을 누가 박박 지운다.
피가 몸 밖으로 흘러나가 구름이 되었나, 안개가 되었나 아니 또 태어나기 이전의 흙이 되었나, 뒤로도 앞으로도 갈 수 없다. 아프다는 말은 두꺼운 혀의 본능이 살아있을 때만 가능한 일이다. 시시때때로 변하는 몸과 마음 누가 낚아채 갔나 그래, 그래, 오래전 먹이를 잘못 구걸한 죄로 몸 속에 있는 실핏줄이 동강동강 끊어져 버렸나.
결국 요리에 필요한 펄펄 끓는 물 몇 바가지와 어둠 몇 가마니 선물로 받았나 몸 속에서 닭 한 마리, 닭 열 마리, 닭 백 마리, 빠져 나간 나.
천국으로 가는 길은 아무도 알 수 없다. 삶을 멈춘 후에도 하나 둘 꽃피는 아름다운 색깔을 가진 가벼운 깃털 영혼들 빨강 검정 흰 종이 영혼들
생명이 없는 파문은 아픔이 없다. 기쁨이 없다. 까닭모를 깃털구름 타고 우쭐우쭐 집요하게 하늘로 날아가는 닭 한 마리, 닭 열 마리, 닭 백 마리

일단은 압력 밥솥에 통째로 집어넣어야 해
납득이 갈 만한 적절한 마늘 몇 통 추억 속에 감춰진 꾸덕꾸덕 마른 감자 몇 개 미각에 필요한 꿈과 생시 사이의 소금 몇 스푼

겹겹이 구름으로 포개진 물 몇 바가지 너무 많아도 적어도 곤란하다.
이성을 떠나버린 물렁물렁한 살점들은 얼마 지나지 않아 몇 개의 술잔을 만든다.
그래그래 악어가 입 딱 벌리고 삼켜 버리면 한 생을 울음으로 간직해 온 압축된 체온이 빨강 검정 흰 깃털 되어 하늘 높이 날아오른다.

주방 안을 뽀글뽀글 걸어다니는 물방울 소리가 보폭이 들쭉날쭉 불안한 상두꾼들 발자국 소리같이 들린다.
악어의 손바닥은 미끄럽고 악어의 발바닥은 단단하다. 천지를 향해 포효하는 악어의 살찐 웃음 소리에 하늘이 따가워지는 것을 귀신이 되면 알 수 있다.
빨강 검정 흰 닭의 수족이 찢긴다. 살점이 뜯긴다.
군복을 입은 사람 양복을 입은 사람들이 천지를 뒤흔들면 소돼지 강아지 토끼들이 문병 온다. 집이 있어도 집이 없는, 시간이 있어도 시간이 없는 하늘과 땅의 심장에서 꺼낸 날개를 활짝 펴고 닭 한 마리 닭 열 마리 닭 백 마리 훨훨 날아간다.

붉은 녹

그는 정년퇴직을 좋아한다.
직장은 무서운 속도로 붉은 녹이 슬어
장갑을 끼고 걸레나 수세미로 녹을 청소한다.
붉은 녹은 누가 와서 부어 놓았을까 손끝에 용암이 맺힌다.
고슴도치가 기어 다니는 직장
순익손실 앞에선 눈들은 붉은 허공으로 볼록해진다.
흙을 파헤치려다 시멘트 바닥만 혓바닥으로 핥다 죽은 두더지
사채가 보인 날 점심시간은 짧다.
전화를 받은 그의 입이 떨린다.
볼펜 엉덩이가 가볍다.
허공에 구름이 머리에 뭉치면 안면가죽이 노인의 이빨처럼 듬성
듬성해진다.

마술처럼 땅 위에 분수가 쏟아진다.
음악에 따라 솟구치며 요동치는 물은 허리를 뻗고 하품하는
햇빛을 향해 물총을 쏜다.
물에 젖은 햇볕에 사막 냄새가 난다.
바다를 본 적 없는 속옷만 입은 꼬마의 엉덩이에
바다 냄새가 난다.
위성으로도 찾을 수 없는 모양도 냄새도 없는 바람에 붉은 녹이
묻어있다.

바람의 붉은 녹을 씻어주는 분수대 물주기를 따라 하늘 높이
아이들이 날아오른다.

그는 작업복에 달린 다섯 개의 단추를 들여다 본다.
땀이 금가루처럼 구멍에 쌓여있다.
해를 갉아 먹는 발이 콘크리트 계단을 날아오르는 여름
열린 바람이 부서져 그의 발등을 씻어준다.

녹이 번지는 늦은 오후 방역차가 연기를 자욱이 피워 올리면
그는 사워실에서 비누를 바르고 수돗물에 손을 씻는다.
붉은 녹으로 감염된 몸을 씻는다.
사워실 바닥에 녹슨 얼굴 하나 뚝 떨어진다.
그의 몸에서 회사 철조망 벽에 매달린 붉은 호박꽃 냄새가 구수
하게 난다.

발바닥

1

아침에 무릎을 꺾고 '발을 씻는다.'
발이 새로 태어난다.
구름의 발, 해의 발, 나무의 발
발은 몸의 어둠을 빠져 나가지 못하고 육신의 가장 낮은 자리에서 꿈틀꿈틀 돌고 돈다.

문명의 발달 같은 밤과 낮을 뛰어다닌
희미한 소용돌이가 나무의 겉껍질에 붙은
나무 없는 껍질 같아
살을 파고들지도 못하고 살을 빠져 나가지도 못하는
그 맴돌기를 멈추기 위해 발을 박박 씻는다.

발을 거꾸로 뒤집어보는 이들이 가끔 있다. 피돌기가 거꾸로 선 발바닥으로 누군가 반발을 할 수도 있다. 문명의 반발 같은 블랙홀을 만들 수도 있다.
그러기 위해서 엉덩이를 낮추어야 하고 또 허리를 구부려야 한다. 요컨대 뒤 돌려차기의 반발 같은 것이다.
나무껍질 같은 살의 나이테 같은 발바닥은 생각보다 훨씬 단단하다.
물렁한 살에도 저런 단단한 구절이 있는지 몰랐다.

내가 발바닥을 땅에 내리고 있는 동안은
달리는 문명은 몸을 재촉하는 경쟁은 눈에서 배꼽에서 무릎에서
잠깐 사라진다.
우리는 더러 푹 퍼질러 앉아야 성숙한 인간이 될 때가 있다.
사람은 가끔 시간을 떠나 살아야 내면이 보이곤 하니까.

2
당신에게 무릎을 얻어
두 발로 뜸북새가 되어 걸어가면 생각은 가고
몸의 어두운 섬들도 따라가고 속 검은 내장들도
발바닥 밑으로 출렁출렁 흘러간다.
햇볕을 밟아도 햇볕이 사라지고 바람을 밟아도 바람이 사라진다.
안과 밖의 시간이 극명하게 구분되는 몸의 불빛들이 몸의 어둠들
이 발바닥 속에서 흐르고 있기 때문이다.
그 최말단 어둠 속에도 위도와 경도는
발바닥이 닳도록 흐르고 있다.

두 다리의 마지막 바닥
발바닥을 비벼서 사랑을 하는 새들도 고양이들도 관계로 유지된다.
손 발바닥을 비벼서 살아가는 사람들도 그것은 마찬가지다.
관계의 발바닥이 온몸을 돌고 심지어 우주까지 맴돌고 있다.

발바닥으로 더듬어 다니던 하루의 일과는
발바닥 속에 다 숨어 있다는 것은 무슨 뜻일까.
사람 몸의 계단 즉, 목계단 허리계단 발목계단 밑에 숨어 있는 발바닥 공간이 위선과 경선 자오선을 훨훨 날아다니기 때문은 아닐까.

3
꽃나무를 보고 말하자면
꽃을 좋아하는 건 꽃잎이 아니라
즉 꽃의 내면이다. 꽃의 보이지 않는 발바닥이다.
그 내면은 알고보면 지하로 흐르는 어둠을 뚫고 하얀 길을 꾸불꾸불 가는 뿌리라는 것을 이해할 수 있는 것이다.
햇볕도 먹고 바람도 먹고 뒤뚱뒤뚱 걸어가는 발바닥 걸음은 오늘날 잊혀져가는 희미한 옛 고갯길 같은 것이다.

물 좋은 욕조에 풍덩풍덩 발을 내려놓고
발바닥을 주물럭주물럭 만지면 발바닥 밑에 조용히 가라앉은 인생의 강약, 사물의 음양 등 세상의 때 많은 온갖 소음들이 손으로 만져진다.
발목 끝까지 차 오른 물을 두 손으로 감아 당기면
몸의 위도 경도들이 물 속에서 부유하기 시작한다.

벼를 밟고 사과를 밟고 지나가는 바람소리가 들려온다.
발바닥 밑에서 마을과 도시가 해와 달처럼 떠오른다.

저녁에 욕조에서 발을 펴고 무릎을 펴고 '씻는다.'
발바닥이 말을 하지 않지만
하루 동안 늙은 밑바탕에 감사를 해야 할지 질타를 해야 할지
그 곳에 눈이 가면 모든 생이 그 속에서 시작되고
그 속에서 끝나기에
물에 그 어떤 책임을 묻고 그 어떤 책임을 다해
오늘 밤 발바닥을 박박 씻고 있다면
죽음 같은 휴식을 취하기 위해
울퉁불퉁한 하루의 신발을 벗어놓는다면
두 발로 서성이는 고민은 더 이상 하지 않을 것이다.
구린내 나는 하루의 발바닥을 물에 벗어놓는다면.

공룡 발자국

나는 너에 대해 말한다.

웅성거림, 계단 없는 태양, 모래알이 바다가 되는 꿈
물이 솟구치고 가라앉는 이야기를 떠올리다가 생각하곤 한다.
모래알이 되어 꾸불거리는 옛 이야기를 말을 하지 않고
글을 쓰지 않고 상형문자로 나타내면 천 길 만 길 수심에
가라앉은 공룡 발자국 소리가 들려온다.

남해 바다
그 빛깔과 온도는 누가 만들까.
오래도록 밤과 낮을 우려낸다.
깊지도 얕지도 않은 맨발의 공룡이 망각의 옛 바다 길로
뚜벅뚜벅 걸어온다.

나는 너에 대해 말한다.

네가 생각하며 조금씩 다져놓은 빛과 어둠의 조도
바다와 바다가 부딪친 소리를 수 천 만년 불어넣으면
힘찬 발자국이 오늘도 쑥쑥 자란다.

무거운 공룡박물관이 내 꿈 속에서 가볍게 떠오른다.

아득히 닿을수록 먼 이름을 수 억만 년 바르라카바브라*!
주문을 외우고 부르면
아무 두려움도 모른 채 쿵쿵 쾅쾅거리며
깊은 바다 속으로 가라앉을까.
몸도 날개도 없이 훨훨 하늘로 날아갈까.

나는 너에 대해 말한다.

밋밋한 온 마을이 너 때문에 밤낮으로 비상하는 것을
환호가 사라지지 않는 것을 너는 알까.
우리들은 너의 발자국과 함께 살아가고 있다.
눈에 띄지 않는 아름다운 형상이
오랜 고요로 만들어진 발자국의 침전이
이렇게 부산하고 활동적일지 아무도 몰랐다.

발자국들이 빛을 삼키고 빛을 토하며 무섭게 반짝인다.
혹 내일이면 멀쩡한 사지를 다 갖추고 네 발로 벌떡 일어나
뚜벅뚜벅 박물관으로 걸어올 것 같다.
오늘도 발자국을 비틀고 꼬집으며 몸과 마음을 만들어 바르라카
바브라! 바르라카바브라! 소리치면 하늘로 날아갈 것 같다.

* 마술사가 수리수리마수리와 같이 외우는 주문

타란툴라

천정 없는 집
발 디딜 곳 없는 허공에 주렁주렁 매달린 작은 전구 알들
업힌데 또 업혀
매일 밤 시끌벅적 흰 구름 머리에 두르고 길을 닦는
나는 별 타란툴라

공원의 나무들이 손바닥 흙을 털며
어둠을 고민하고 있을 때
주름살마다 비린 냄새 꽉 찬 나는
세간의 집들이 하나도 없는 공원에 출장 나와
누군가 버린 먹이를 탐색하고 있는 한 마리 황색거미 타란툴라

바람을 타고 별이 다가오고
바람을 타고 별이 떠나가면
내 몸에 누르스름한 털이 하나 둘 빠져 나간다.
하늘에서 태어나 하늘을 날아오르는 날짐승들은 몸 속에
냄새도 독도 하나 없다.
오늘밤 하늘에서 땅 끝까지 상처자국 없는
새 길이 또 몇 개 태어났다.

하늘을 업고 사는 별은 입으로 긴 입김을 후후 아무리 불어내도
냄새 하나 없다. 독 하나 없다.
손바닥 주름마다 어두운 그림자가 꿈틀대는 나는 한 마리 독거미
입으로 눈으로 맹독을 토해 낸다.

별빛 고요가 부드럽게 타오른 공원의 풀과 나무들이
손바닥의 먼지를 이슬로 씻으며 수많은 별과 소통을 모색하고
있을 때
거미인 나는 여덟 개의 긴 손발을 이슬로 씻으며
지구에서 16만 광년 떨어진 대마젤란 은하 속 타란툴라를 찾고
있다. 고향을 찾고 있다

세상의 먼지도 어둠도 꿀꺽 삼킨
수많은 별들이 푸른 불빛을 한 바가지 훅 뿌려주면
별빛을 비벼먹은 타란툴라의 긴 손발은 강물처럼 자유롭다.

지구의 중심을 잡기 위해
황색독거미가 아가리로 노리는 다음 사냥감은 숙면이다.

달

때 절은 얼굴 말끔히 씻은 어머니
새 옷 한 벌 갈아입고 환하게 웃는다.

사랑니

입에 뿌리를 박고 사는 이것은
태양의 붉은 입술이 스쳐 간혹 흔들리기도 하지만
대개 나침반이 없어 순식간에 그 영역이 확장되기도 한다.
형성(形成)과 형성 사이가 시간과 시간 사이가 맞닿는 곳에
서로 부둥켜안을 수 있고 서로 마주 볼 수 있는 곳에
윗몸과 아랫몸이 뿌리를 박고
화석을 만들 듯 이빨을 만드는 것이다.
이것은 허공에 원을 그려 씨가 점점 자라는 나무다.
아니 야생의 가늘고 긴 뿌리로 빛을 잡아당겨
점점 자라는 나무다.
간혹 이것이 불편할 때도 있지만, 누군가의 심장을 겨냥하고
빛날 때는 남태평양의 아름다운 비밀 정글이 되기도 한다.
이것은 또 꽃밭이다.
이빨 부딪치는 소리가 나무에 물오르는 소리다.
강에 물 흐르는 소리다.
입 속에 갇힌 섬들이 하얀 이빨로 반짝이고 있다.
입 속에서 무수한 핏줄을 단단한 그리움으로 엮어
연애라는 눈 귀 코 혀를 만든다.
두 주먹을 꽉 쥐었다 폈다. 에라, 모르겠다.
연애라는 눈 귀 코 혀를 캄캄한 입에 쑥 밀어넣어
우주의 중력을 심장으로 몰아간다.

이것을 이빨로 물었다. 또 이것의 이빨에 물렸다.
끓는다. 내용도 형식도 없이 지면 위로 와글와글 끓어올라
남태평양의 화산대를 이룬다. 굳이 없어도 좋겠지만,
지구의 밥상 뉴칼레도니아 바누아투 폰페이 정글 속
수 만개의 이빨들이 무럭무럭 자라 새를 부른다.
나비를 부른다.

도둑질

어릴 적 도둑질은 수확 다 끝나고 난 배추밭에
큰 뿌리는 뽑아가고 어둠 속에 남겨놓은 작은 뿌리를 뽑아
햇볕으로 오리고 물로 씻어 우걱우걱 씹어 주린 배를 채우는 일
이었다.

나는 흙 속에 어둠을 훔쳐 햇볕으로 도려 내면서 어른이 되었고
사람들은 도난 당한 가을을 찾지 못했다.

어둠을 끊기 위해 어둠을 도둑질한 나는
추운 겨울에 햇볕으로 과식해서
구급차에 실려가고 싶었다.
하지만 어둠은 바위처럼 무거워 나를 지나가지 않았다.
그때 편두통은 아기 걸음마처럼 꾸불꾸불 내 머릿속을 더디게
걸어다녔다.

개미굴 같은 복잡한 어둠을 햇볕이 훔쳐 먹고 난 뒤
겨울이 지나고
나는 3월의 봄을 한 잎 따서 뜨거운 물에 우려먹었다.
요일과 날짜가 다른 달력 속에는 꽃 이름들을 순서 없이 매일
뒤죽박죽 빼곡히 적었다.
연일 반복해서 적힌 이름들은 달력이 훔쳐 먹었다.

어둠을 어둠으로부터 분리하는 일도
빛을 빛으로부터 분리하는 일도 공소시효가 없거나
알리바이가 성립되지 않아 판사가 심판할 수 없었다.
다만 사람들이 그것을 똑똑 부러뜨려 먹겠다 하고 먹었다 하며
위증을 했다.

어둠은 일 년 내내 햇볕이 다녀갔고
햇볕은 일 년 내내 어둠이 다녀갔다.
나는 도대체 어디를 다녀갔을까.
또 지금 어디로 가고 있을까.

흙은 함부로 말을 하지 않는다.
태양을 복원하는 일에만 열중한다.
햇볕의 눈동자를 꿰맞추는 일에만 열중한다.

어둠을 도려 먹겠다고 햇볕을 도려 먹겠다고 큰소리친
나만 무너져 내렸다.
해와 어둠을 상속받은 배추도 배추 뿌리도 무너지지 않았다.
배추 뿌리를 도둑질한 나만 천천히 무너져 내렸다.
밤새도록 희미한 달 속에서 많은 사람들이 굼벵이처럼 이리저리
뒹굴었다.

개미가 아침 문을 여는 시간이다.
어둠을 다녀오지 못하고 밤새 도둑질만 한 자의
눈두덩은 퉁퉁 부어 있었다.
약국은 문을 열지 않아 가지 못했다.

멈추지 않는 바퀴

벽장 속에서 뿌리를 내리는 저 짐승
도대체 무슨 이야기가 하고 싶어
똑딱똑딱 딱똑딱똑
허공 속에 새 소리 같이 사람 소리 같이 저렇게 시끄러울까.

잠 잘못 풀린
새벽 2시의 어두운 내 눈은
달빛으로 꾸미고요, 별빛으로 꾸미고요.
작은 지구의 골목길을 밀고 가는 자동차 엔진소리는 울퉁불퉁한
길을 꾸미고요.
신경 곤두선 담장은 풋감 떨어지는 파문에 흔들리지요.

하늘에 별도 잠이 들어 영롱해지면
가끔 축축한 바람 돌리는 풀벌레가
하늘과 땅의 영혼들을 마구 뒤흔들어버리면
숲은 달리고
사막은 춤추고
강은 웃고
휘파람 소리 나는 바다는
배고픈 고래의 아가리처럼 사나워지지요.

소리를 채찍 삼아 넝쿨장미처럼 발톱을 세워 자라나는
어느 영혼의 완고한 저 소리
똑딱똑딱 딱똑딱똑 지겹기도 하지요.

사막보다 더 건조한 지구의 안방 속에
단단한 금강 사다리를 놓고
용맹정진하고 있는 나는 호모 사피엔스사피엔스!
복숭아 맛나는 숙면을 좋아하지만
지금 달을 품은 시계는 똑딱똑딱 새벽 3시를 밟고 지나가지요.

하얀 달빛을 동글동글 굴리는 저 귀뚜라미는
아무 생각 없이 울지만
오염된 이 도심의 거처에서 중독된 나는
목이 녹슬어 콜록콜록 기침을 하지요.

어디서 페달을 밟고 온 귀뚜라미 한 마리
이 도심의 완고한 거처 내 안방까지 들어와
길게 내 손발을 길게 짓밟고
전화기 속에서 익사하고 있는 달빛을 향해 뛰어가지요.
그 와중에도 끊어질 듯 오열하고 오열할 듯 끊어진
완고한 부동의 저 시계소리

똑딱똑딱 딱똑딱똑 지겹기도 하지요.

빈 접시 같은 새벽 3시의 몸과 마음
용맹정진하는 저 새소리 속에 사람소리 속에
날개 달린 하얀 편지라도 띄워 지금 당장 멈춰주고 싶네요.

물복숭아 같이 입에서 스르르 녹는 숙면을 향해
열린 귀를 더 열어놓고 내 속에 달빛 만드는 침묵으로
진한 몽주 한 잔 꿀꺽꿀꺽 마시고
나를 고달프게 하는 무거운 두 눈 다 꽉 감고 싶네요.

코

그녀가 세상으로 나가고
세상이 그녀 속으로 들어오는 코
큰 코 속에 작은 코
두 개의 코가 꽃대가 되어 바람을 후후 불어낸다.
세계는 해 방향으로 돌아가고
그녀는 플라스틱 코 방향으로 돈다.

누구나 바닥에 등을 대고 누우면 몸의 가장 높은 자리가
코라는 것을
나는 오늘 누워 있는 그녀를 보고 알았다.
플라스틱 코가 슬그머니 나의 상전이 되어
잠시도 한눈팔지 못하도록
나를 괄호로 묶어 힘껏 잡아당긴다.
플라스틱으로 만들어진 그녀의 숨소리가
병실 허공에 물을 타고 걸어다니며
물꽃을 방울방울 만들어 낸다.

가면의 코를 얼굴에 뒤집어 쓴 그녀가
똑똑똑 구두 발자국 소리를 내며
작은 어항 속을 꾸불꾸불 헤엄쳐 다닌다.
거품을 끌어당기는 물이 운다.

어항 속에 그녀가 운다.
그녀의 코가 언제 땅바닥으로 곤두박질칠지 아무도 알 수 없다.
저 열망의 눈빛.

그녀는 무엇을 말하고 싶었는지 발가락을 꼼지락꼼지락 거린다.
나는 그녀의 발가락 말을 한 마디도 알아듣지 못하지만
입이 입에 엉겨붙은 그녀를 보고
시외버스 터미널 옆 진주 반도병원 3층 중환자실에
우리가 와 있다고 말을 한다.
사막에서도 뚱뚱하게 살찌는 선인장이 되어 달라고 말을 한다.

그녀의 눈도 코도 입도 큰 가면의 코 안에 갇혀 있다.
그녀를 따라 나도 갇혀 있다.
병실 앞 유리창에 그녀의 큰 코가
붉은 십자가가 되어 다이아몬드를 그리며
가느다란 줄다리 하나 만들어
가물가물 흔들린다.

직포 짜는 소리

내 눈등에 붙은 아린 얼음을 떼어냈어요.
그때 잠깐 하늘을 쳐다봤죠.
눈썹 밑에 붙은 우둘투둘한 밴드를 떼어낸 하늘이
얼굴 곳곳에 상처가 났다며
새살 잘 돋아나는 따끈따끈한 봄빛을 마데카솔 연고로
덕지덕지 발라대더군요.
물론 윤이 많이 났죠.

저기 마루검 봐요.
꽃가루 반죽을 붙이고 뛰어다니는 꼬마 녀석들이
불장난을 치느라 세상이 떠들썩해졌죠. 야단법석이죠.
큰딸 작은딸을 닮은 바람이
착한 하늘만 믿고 겁도 없이
온천지 쿵쿵 소리를 내며 뛰어다녀요.
벌써 내 귀와 코를 콕콕 찌르던 녀석들이
'아저씨' '아저씨'
정열의 해를 드릴까요. 꽃물을 드릴까요.
말을 붙여오죠.

저기 들판을 봐요.
은빛 멸치떼처럼 무수히 헤엄쳐 들어오는 햇살들이

세상을 이리 비틀고 저리 흔들자
전화번호부처럼 온갖 풀꽃들이
삐뚤빼뚤 횡간을 채워 가네요.
이름 없는 이름까지
물론 아직 떠돌이표 악보에 불과해 대부분이 꽃 없는 나무이고
꽃 없는 잡풀이지만
꿈 꾸듯 고운 바람에 따끈따끈한 흙냄새 따라
얼굴 환한 생이 되겠죠.
입 안 가득 푸른 촉수를 세우고 아람아람 꽃다발을 엮어 내겠죠.
복사꽃 매화꽃 진달래 개나리
깊은 겨울의 뼈 울림을 매단 화촉들이 불꽃 잔치를 벌이겠죠.
곧 울퉁불퉁 불거져 나온 근육들이
여기저기서 툭탁툭탁 직포 짜는 소리 요란해지겠죠.
사람들의 발뒤꿈치마다 아지랑이가 꾹꾹 밟혀
비명을 질러대겠죠.

오늘의 아내

모래 한 알 쥔 손이 왜 이리 떨리고 아린지.

진주 남강 콧등 위에 아파트 눈 앞들이 수천 개 반짝이고 있다.
구름높이로 살아가고 있는 우리들은 우주시대를 지나고 있다.

진주 남강 앞 옛 대동공업사 벌판 위의 한주타운 공사현장에서
내가 일을 한 적 있었지.
그때 모래 등짐을 진 내 긴 목을 타고
윗도리 속옷을 비집고 들어간 모래 한 알
그 모래알은 다시 또 내 둥근 발등을 지나 허름한 신발 속에까지
스르륵 들어갔지.
바람을 제거한 그 모래알이 내 발바닥 속에 갇혀
꾹꾹 밟힐 때마다 온몸이 찌리찌리 떨리고 아팠지.
더러운 등짝도 더러운 다리도 겁내지 않고 숭숭
검고 노란 털을 따라온 그 모래알

계단도 많고 층도 많은 진주 한주타운 공사현장에서
등짐을 지고 찌거덕 찌거덕
계단을 오를 때도 계단을 내릴 때도
내 살 속을 종횡무진 뛰어다녔던 그 여인

모래 한 알보다 더 작은 내 마음 속을 간질간질 발발 기어다니는
그녀는
만년설 가족(家族)벌판 위의 진주 한주타운 101동 2013호로
밤낮으로 세 마리 양들을 몰고들어가
가는 손가락으로 때때마다 밥을 지어 먹었지.

두 손등 푸른 핏대를 따라 굵어진 손가락 마디마디가
모스부호처럼 가물가물 아파트 침실 위에 조용히 누워
세 마리 양들을 몰고 예쁜 달빛을 타고
하늘로 꾸불꾸불 올라갔지.

모래 한 알 쥔 손이 왜 이리 떨리고 아린지.

비닐봉지와 사내

몸 속에 뼈 한 조각 없이 해로운 균을 옮기고
피를 먹는 거머리 같은 놈들
몸통 한가운데가 뻥 뚫린 개불 같은 놈들
전봇대와 전봇대를 잇는 지도 속 콘크리트 심장이
환하게 출렁인다.
사랑을 품고 누운 땅은 숲이나 꽃의 군락지를 생각하겠지만
땅은 흙 한 점 펼쳐보지 못할 콘크리트 수첩 속에 갇혀 있다.

사내가 사는 다세대 주택
낮에는 납탄처럼 삐뚤삐뚤 박혀 졸고
밤에는 박쥐가 되어 훨훨 날아다닌다.

사내는 자동차 지저귀는 소리를 들으며 집으로 간다.
비닐봉지는 바람소리를 들으며 집으로 간다.
기름에 그을린 길이 그들을 따라 간다.

사내는 길을 가다 피식 쓰러진다.
전봇대가 다가와 손을 잡아주자 다시 일어나 걷는다.
비닐봉지는 바람이 차면 또르르 몇 발자국 걸어가고
바람이 빠지면 걸음을 멈춘다.
비닐봉지에 바람이 수혈되자 다시 걷기 시작한다.

하늘 속 눈동자를 향해 오직 앞으로 가기만 하면 된다.

비닐봉지 속에
생선 몇 마리 몸을 부비며 사내의 손에 끌려간다.
다세대 주택 단지에 집어등 내 걸린 창문마다
불빛들이 낡은 벽을 기어오르다.
붉은 이빨을 수억만 개 박는다.
사내와 비닐봉지가 문설주를 넘어서자
온 집안이 붉게 일어선다.

한 생의 내장 같은 비닐봉지가
사내의 가파른 가슴팍을 음흉스럽게 바라보고
사내는 한 봉지 챙겨온 온전한 하루와 텅텅 다 빈 비닐봉지를
바라보고 있다.

우도牛島

조선시대의 행정구획 우도와 좌도를 벗어난
북제주군 동쪽 끝에 있는 섬
머리끝부터 꼬리 끝까지 소를 닮았다고 우도라고 하나.
소울음 소리로부터 아침 바닷길이 생겨났다 저녁에 바닷길이 사
라져버리는 곳
인도에서는 전륜성왕이 나타날 때만 꽃이 핀다는 우담바라가
이곳에서는 소사료로 이용한다나.

활화산 밑에 신령한 소 한 마리
엉덩이에 황금빛 털이 파도에 부딪히면 탕탕 염불소리가 난다나.
그때 표정 없는 소는 왜 눈을 반쯤 감고 풀을 뜯는지

우담바라를 피우기 위해 자신의 몸을 파도에 부딪쳐 우는
어리석은 소 한 마리. 삼천 년이 더 지났지만, 아니 삼만 년이
더 지났지만 꽃은 한 번도 피지 않았다나.
다만, 인도에서 온 철새 떼들이 하늘에서 바다 속으로 곤두박질
쳐 소의 내장 속에 있는 물고기 한두 마리씩 물고 세월이 흘러도
늙지 않는 바다 위에 빗금을 그으며 날아오른다나.
그때 소는 왜 바다를 툭툭 치며 우물우물 되새김질을 하는지

소는 물 속에 네 발을 숨기고 있는 고래 한 마리다.

소의 엉덩이에 엉겨 붙은 용암지대의 넓은 평지 위에서 두 눈을 끔벅거리며 하늘을 향해 바다를 향해 물의 움직임을 살피고 있다나. 이곳 섬에 사는 사람들은 긴 해안선을 소의 사타구니라고들 부른다나. 네 발을 다 바다 속에 감춘 소는 물의 절벽과 절벽을 뛰어넘고 달려오는 파도와 대항하기 위해 두 눈을 부릅뜨고 조금씩 앞발과 뒷발을 곧추세우고 있다나. 이때 파도는 포식자가 되어 소를 갈기갈기 집어 삼키려 하지만 직선을 만들 수 없는 파도는 다행히 소를 찌르지 못한다나. 섬을 삼키지 못한다나.

소는 바다를 삶고 바다는 소 심장에서 활활 타오르는 죽음의 불꽃을 끄고 진흙소 한 마리 턱이 빠져라 바다를 씹고 있다나.
바다 한 마리 혀가 빠져라 진흙소를 핥고 있다나.
얼굴이 검은 바다 사람이 부르는 이름 우도
그 우도에 사람들은 소 우리에서 고삐를 풀어 고기를 잡으러 바다로 나간다나.

사람 눈에는 보이지 않는 사람 귀에는 들리지 않는 미친 밀물때를 세상에서 제일 먼저 소가 본다나.
소머리 앞에서 뛰어가면 살고 소꼬리 뒤에서 뛰어가면 죽는다나.

촉석루

어디서 왔는지 알 수 없는 독거미 한 마리

해는 촉석루 마루를 주워먹고
몸피를 한껏 늘리고 있었다.
촉석루 밑 절벽엔 출입금지라고 쓰여 있었는데
글자를 모르는 그 곤충은 용케도 촉석루 벼랑을 따라
마치 지나가던 사람이 아무렇게나 뱉어놓은 껌처럼
착 달라붙어서 온 몸이 부서지는 듯 넘어지는 듯 갈팡질팡
거꾸로 푸른 남강을 향해 천천히 기어 내려가고 있었다.
벌레가 그런 것일까
햇살이 그런 것일까
사람이 그런 것일까
아무 소리 나지 않지만
그는 까슬까슬 살갗이 울어 부서지는 나무 조각 같았다.
흙덩이 같았다.
아니 바람을 흉내낸 하얀 햇살의 춤 같았다.
그는 그의 작은 두 발이 지는 해를 몰래 따라 가고 있었지만
따라 지고 있었지만
네가 넘어진 곳이 네가 일어날 곳이라는 것을
잊어버려서는 안 된다.
한 가정과 한 나라를 위해서

어디서 왔는지 알 수 없는 곤충 한 마리

아침이 오면 또 네가 춤추듯 거꾸로 기어 내려가고 있는
그 자리에
맨발로 반짝거리며 찾아올지
지는 해를 따라 걸음마다 부서지고 있을 지
너는 아주 작아 새 눈에 띄지 않을 터이구
사람이 지키는 누각이라 안전할 터이구
물 속에서 태어나 물이 되어가고 있어 편안할 터이구
새는 너를 노리고 짖는 것이 아니다.
바람은 너를 노리고 부는 것이 아니다.
어디서 왔는지 알 수 없는 너의 이름은 독을 품은 여인
검은 빛깔의 게야무라 로구스케 목을 노리고
붉은 빛깔의 족두리 올린 밑에 까만 머리카락 밑에 아름다운 얼
굴만 용케 상상해 볼뿐

어디로 갔는지 알 수 없는 황금 거미 한 마리.

벽속으로 사라지다

새가 되고 싶어 바람을 먹습니다.
맨발로 하늘을 걷고 싶어 구름을 먹습니다.
세상의 모든 것 다 있으면서 아무것도 없는 하늘의 꼬리를 물고 아작아작 씹습니다.
누구에게도 간섭 받지 않을 때
몸 속에서 여우 한 마리가 꼬리를 흔듭니다.
그때 몸 속에 단단한 근육들이 젤리가 됩니다.
누군가를 섬겨야 단단해지는 이 몸은 누구일까요.
눈의 짝은 눈
귀의 짝은 귀
손의 짝은 손
그 속에서 호사를 누리고 싶은 피가 있어 머리카락이 손발이 자랍니다.
석양빛에 구부러진 하늘을 보며 굴삭기의 입질로 단단해진 아스팔트길을 똑똑 걸어서 아파트로 갑니다.

하늘 밑 인간들의 세간
벽이 벽을 뜯어먹는 비밀을 숨긴 우리 안으로 두 발을 접어 조심조심 집어넣습니다.
늙어 허물어지고 있는 축축한 건물 속에서 한 계단 두 계단 하늘로 올라가는 작은 몸이 사방의 벽 속에 갇혀 단단한 대리석 숨을 쉬고 있습니다.
발밑을 바라보니 건물의 머리와 엉덩이들이 뒤엉켜 서로 잡아당
기고 있습니다. 위에서 밑으로 밑에서 위로
코와 귀가 다 잘린 캄캄한 벽이 싫어
파릇파릇 푸른 나무가 되고 싶습니다.
그래, 그래,
잎사귀마다 사람 위에서 춤추고 노래하는 꽃이 되고 싶습니다.

가짜 죽음
-안락사-

슬퍼해야 될 일에 슬픈 사람이 아무도 없다.
그렇다고 그것이 가짜 슬픔은 아닐 터
죽음을 조정하는 사람의 말
조금만 기다리면 평안이 옵니다.
목사보다 신부보다 간호사의 말이 더 간결하다.
그로부터 죽음의 음모는 시작된다.
막, 국화꽃이 이불의 뱃속에서 웃고 있을 때
누군가 그 생생한 웃음을 정수리에서 발끝까지 덮어준다.
어디서 저승사자가 자박자박 걸어와
조금만 기다리면 영면에 들게 됩니다.
순간 발을 덮고 배를 덮고 이마를 덮는 것은
또 어떤 내력에서일까
얼굴 없는 발자국 몇 개가 기민하게 움직인다.
내 얼굴 하나만 덮으면 온 세상이 다 덮인다는 것을
오늘 나는 죽어가면서 알게 되었다.
오늘의 첫 햇볕이 암병원 시트 위에 몇 방울 부조된다.
무거운 손 두 개가 입이 귀에 걸릴 때까지 잡아당겨 큰 호스를
내 입에 꽉 물린다.
그리고 입을 소독용 약솜으로 막고
방수용 아쿠아밴드로 밀봉한다.
태어나서부터 50년 넘게 주렁주렁 매달고 다닌

긴 울음을 떼어내고
호스를 따라 국화꽃이 이불의 뱃속에서 싱싱한 장기를 떼어내어
무균 이식실로 옮긴 뒤 몽환의 고요를 한 입 물린다.
나의 큰 몸뚱어리가 작은 주사기 속으로 쏙 빨려 들어간다.
나는 나를 스르르 빠져 나간다.
가사와 진사는 무엇이 다를까.
또 무엇이 같을까.
그 물음 앞에 선 병실이 빙빙 돈다.
내 안에 열린 모든 문들이 스르르 닫힌다.
나는 다시 나 아닌 다른 무엇으로 태어날까.

우스운 죽음

바람이 수염을 달고 뛰어다니는 해수욕장 근처 어느 횟집
동창회 인파에 섞여 나는 사막에 무릎 꿇은 낙타처럼
표정 없이 앉아 있다.
입심 좋은 사내 한 놈이 식탁을 쾅쾅 치면서 술에 비뚤어진
귀들을 불러 모은다.
동창들은 싸리나무 울타리처럼 식탁 앞으로 빙 둘러앉아
귀를 쫑긋 세운다.
작년에 죽은 동창 곽 씨는 말이야 이틀이 멀다 않고
술을 마셔대며 꼬부라진 혀로 몇 십 년 살았다.
매일 입맛이 죽어 어깨 등 다리가 죽어 얼굴마저 하얗게
죽어 그는 자기 목숨이 얼마 남지 않았다고 생각했다.
구름언덕에 고개를 숙이고 두려움에 잠겨 떨어진 대추알처럼
천 길 낭떠러지로 굴러다녔다.
술이 밟고 간 오장육부, 어두운 시간이 밟고 간 오장육부,
그는 이제 모든 신체 플레이에서 해고되었다고 검은 구름모자를
눌러쓰고 힘없이 있을 때 마누라 권유에 못 이겨 저승사자를 한
발짝 앞세우고 그 무시무시한 병원으로 안간힘을 쓰며 갔다.
검진을 받았다.

모 병원에서 모두들 이쪽으로 저쪽으로 뛰고 걸을 때
그는 병원 복도 끝 의자에 빗금으로 앉아 있었다.

의사 선생님이 그의 이름을 불러
어두운 얼굴을 옆으로 기울이며 의사 선생님 앞에서
몸을 벌벌 떨었다.
의사 선생님의 신기루 같은 말
"사람 속은 겉보기와는 너무 다르단 말이야."
겉이 멀쩡해 보이는 사람도 속이 너덜너덜한 사람이 많고…?
겉이 너덜너덜해 보이는 사람도 속이 멀쩡한 사람이 많고…?
의사 선생님이 그 친구 엑스레이를 바라보며 CT촬영 결과
건강은 정상이라 했다.
몸에 큰 병 몇 마리 키우며 죽을 병에 걸렸을 거라고
생각한 그 친구
의사 선생님의 말씀에 기분이 정신없이 팽창했다.

그 친구 입맛 술맛 살아나
그날 오후 집 앞 작은 선술집에서 고향 선배와
술을 기분 좋게 마셨다.
아름다운 황혼 빛을 바라보다 휘파람을 불다 흥이 가해
노래까지 몇 곡조 불렀다.

그날 밤 그는 기분이 너무 좋아 정신없이 3층 계단을 올라가다
발을 헛디뎌 뒤로 넘어져 뇌진탕으로 죽었다.
아니 계단도 없는 4층 구름계단을 밟고 귀신이 되어 사라졌다.

건축의 기술
-나의 신년계획-

새들은 집을 재건축하지 않아 아무리 견고한 지붕도 아름다운 침실도 어제 것은 다시 되돌아오지 않아 장차 아이가 좋아할 앵글리브드 새 둥지 침대를 만들기 위해 삐걱거리는 허공을 빙빙 돌며 무서운 사람이나 맹수들의 공격을 받지 않을 후미진 곳이면서 전망 좋은 하늘소리 땅 소리 다 들을 수 있는 목 좋은 나뭇가지 쪽으로 골목을 만들었어. 햇살이 뚝뚝 떨어져 공중그네를 타며 핑크빛 불빛이 스며들도록 구름을 쪼고 쪼았어. 아니 별이 바람을 따라 길을 가는 그 어디쯤 허공에 앉아 항상 흔들리면서도 안전한 곳에 부리로 점을 콕콕 찍어 놓았어.

나는 공중에 두 날개를 펴고 길을 가고 있는 중이야.
뼛속까지 허공이 되도록 고도를 높인 심장으로 하늘을 날아올라 꽃을 심는 나무들이 구름을 올라타듯 나무를 올라타고 따끈따끈한 밥상을 차릴 수 있는 동물들 중에서 가장 발달한 새둥지를 짓기로 했어.
낙엽이 많이 쌓인 활엽 숲에서 나뭇가지로 뼈대를 만들고 햇살에 지친 풀을 엮고 또 엮어 허공절벽에 공중그네를 타며 씨실과 날실로 거미줄을 쳤어. 저 멀리 산 너머 구름을 먹은 도도한 태양도 손짓 하나로 부를 수 있는 하늘 길 열린 곳에 날개를 접어 따뜻한 밥상 앞에 둘러앉아 나무가 우리를 모시고 사는 오묘한 곳에 집을 지었어.

이제 무너진 세상은 바로 세우고 선경을 읽듯 경전을 읽듯 바람이 무너져도 구겨지지 않는 먼 나라로 먼 세계로 유랑하는 유목의 날개로 국시가락도 물어오고 해바라기 씨도 물어오고 거미가 잡은 잠자리까지 물어오는 뜨거운 삶을 살기로 했어.
과거의 나와 현재의 나와 미래의 나는 다르지만, 항상 지칠 때마다 하늘에 대고 별사탕 솜사탕 아이스크림 몇 개 달라고 스마트 전화기까지 안방에 놓았어.

새는 집을 재건축하지 않아
공기를 따라 먼 하늘로 날아갈 새 집을 해마다 지어
작년 일들은 작년 것대로 새해에는 새로운 일들로
뱀이 허물을 벗듯 벌레가 나비가 되듯 집을 짓는 새의 꿈은…

언제나 새로운 시가 나를 기다리고 있다는 것은 신비로운 일이다. 하늘과 땅과 물과 바람이 아니, 새 한 마리 나비 한 마리가 문득 작은 목소리로 나에게 말을 걸어올 때, 그때 시의 기미는 내가 잡고 올라갈 튼튼한 버팀목 같은 것이 된다.

겨울이 혹독하게 추울수록 봄볕의 소중함을 아는 것처럼, 나는 아직도 맨발로 눈길 위에서 절름발이처럼 뒤뚱뒤뚱 걷고 싶고 또 걷고 있다.

나는 집배 일을 하면서도 점심시간에 도시락을 들고 눈길을 걸어서 깊은 소나무 숲에 들어가, 눈을 맨손으로 걷어내고 축축한 낙엽 위에 두 무릎을 쪼그리고 앉아, 호호 손을 불어가며 밥을 먹은 일이 더러 있었다. 그런 시간이 시를 만나는 내 가슴 속 장소다.

닳아버린 신발 밑창에서 해가 뜨고 지는 나날들, 피곤에 지친 말들을 보듬고 다듬고 위로하며 너덜너덜한 신발 밑창에서 발갛게 해가 뜨기를 간절히 기도하며, 작년에 이어 올해 또 독자들의 칼날 같은 평에 맞서게 되었다.

잦은 밤샘에도 걱정과 격려를 아끼지 않는 아내, 아들 주영, 주학 나의 가장 가까운 곳에서 무수한 힘을 주는 신령한 손길, 내 옆에서는 가르침을 주시는 표성흠 교수님, 이선임 선생님, 거창문협 선생님과 여러 친구들, 따뜻한 격려를 아낌 없이 주시는 유차현 우체국장님과 우체국 모든 직원 분들, 내 시가 세상 밖으로 나오도록 힘써 주신 홍철부 선생님께 모두 진심으로 감사드립니다.

4월 봄날에

엄환섭 제3시집

호박돌에서 하늘 낚아라

초 판 2016년 5월 15일 발행

지은이 엄 환 섭
발행처 문 지 사
발행인 홍 철 부

등록일자 1978년 8월 11일
출판등록 제3-50호

주소 서울특별시 은평구 갈현로 312
전화 | 영업부 02)386-8451(代)
편집부 02)386-8452
팩 스 02)386-8453

정가 10,000원

※ 잘못된 책은 구입하신 서점에서 교환해 드립니다.